Douglas Adams   Chris Riddell

〔英〕道格拉斯·亚当斯 著

克里斯·里德尔 绘   姚向辉 译

·插图珍藏版·

# 银河系搭车客指南
## THE HITCHHIKER'S GUIDE TO THE GALAXY

上海译文出版社

# THE HITCH-HIKER'S GUIDE TO THE GALAXY

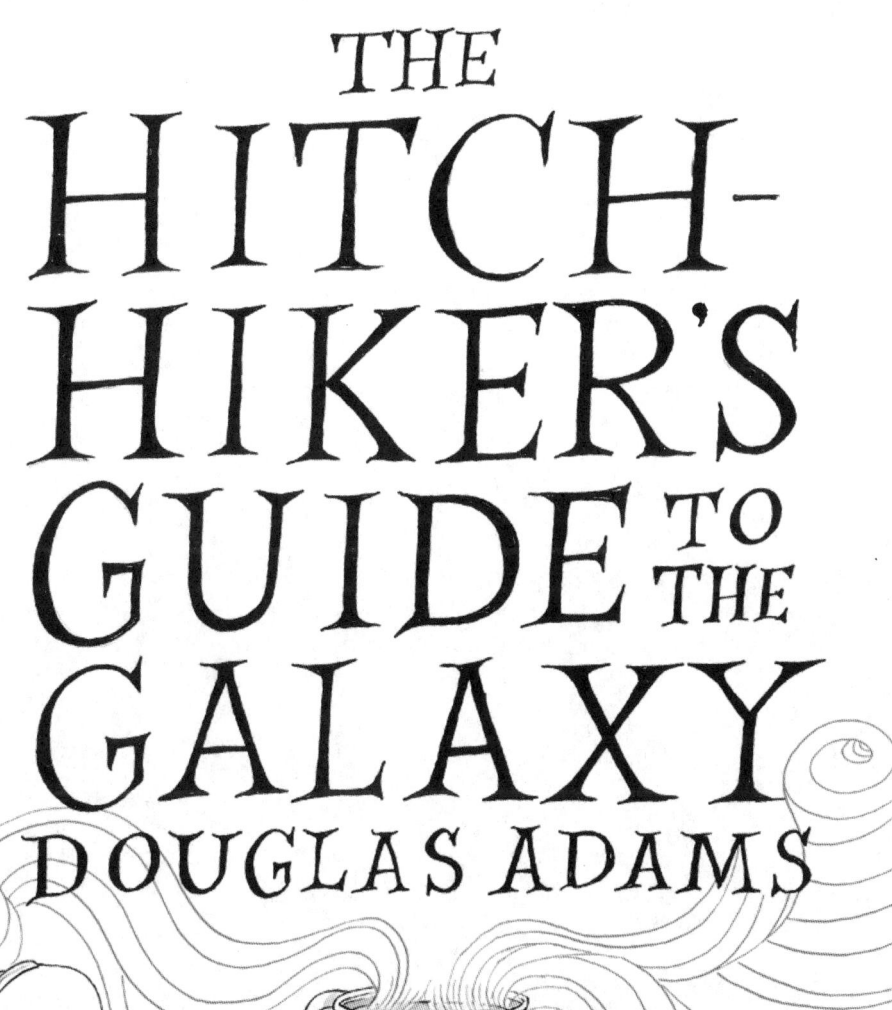

DOUGLAS ADAMS

# 一部《指南》的指南

## 来自作者的无益意见

《银河搭车客指南》的历史现在已经太复杂了,我每次谈到的时候都会自相矛盾,而每次只要我搞对了,就会被错误引用。因此,这个全集版的出版似乎是个拨乱反正的好机会,或者至少能一劳永逸地将错就错。在我看来,这次无论写错了什么,就让它永远错下去好了。

1971 年,我喝醉了躺在奥地利因斯布鲁克的野地里,第一次萌生了这个书名的想法。所谓醉,不是真的酩酊大醉,而是你身无分文搭便车,因此一连两天没吃东西,然后灌了两瓶高度数的哥瑟啤酒——咱们说的就是这种普通的站不起来。

我带着肯·沃尔什的《欧洲搭车客指南》,这本书非常破旧,是我从别人那儿借来的。事实上,由于那是 1971 年的事情,而这本书到今天还在我手上,因此现在不得不说它被我顺走了。我没有《每天五美元游欧洲》(按当时的标准)这本书，因为我的经济条件没那么好。

夜幕开始笼罩我所在的野地，而地面在我身子底下缓缓旋转。我在思考有什么比因斯布鲁克更便宜的地方可去，那个地方最好别这么旋转，而且不会像当天下午的因斯布鲁克那样对待我。

事情是这样的。我在城里瞎走，企图寻找某个地址，然而我彻底迷失了方向，于是我在街头拦住了一个人，请他指点迷津。我知道这很可能会不太容易，因为我不会说德语，然而我惊讶地发现，我请这个人指路的沟通竟然会如此困难。我们费尽力气也无法理解彼此，而我渐渐领悟了真相：因斯布鲁克有一整个城市的人可以供我问路，然而我选中的这个人既不会说英语也不会说法语，而且还是个聋哑人。我诚恳地做了一连串道歉的手势，终于结束了这场交流。几分钟后，我在另一条街上拦住了另一个人，结果发现他同样既聋又哑，然后我就去喝啤酒了。

喝完啤酒，我回到街上，又试了一次。

我找上的第三个人不但既聋又哑，而且还看不见，这时我感觉到某种可怖的重负落在我的肩膀上；无论我往哪儿看，树木和建筑物都显得那么阴森。我裹紧身上的大衣，急匆匆地跑过街道，一阵狂风突然吹了起来。我和一个人撞了个满怀，我结结巴巴地道歉，但他既聋又哑，不知道我在说什么。天色变得阴沉，人行道在我脚下倾斜和旋转。要不是我凑巧钻进一条小巷，经过一家正在举行聋哑人大会的酒店，我很可能会头脑彻底崩溃，这辈子只能去写卡夫卡因之出名的那种书了。

就这样，我跑去躺在野地里，只有《欧洲搭车客指南》陪伴着我。星星开始冒头的时候，我突然想到，要是有谁愿意写一本《银河系搭车客指南》就好了，我肯定会第一个冲上去搞一本。我怀着这个念头陷入梦乡，把它忘了个一干二净，直到六年之后。

我去上剑桥大学。我洗了好几次澡，还拿到了英语文学的学位。我很在意姑娘们，还有我的自行车的下落。后来我成为作家，写了很多东西，尽管它们好得难以置信，事实上却都没能见到阳光。其他作家肯定明白我在说什么。

我的梦想是写出能把喜剧和科幻融合在一起的东西，也正是这个执念害得我深陷债务和绝望之中。没人感兴趣，直到终于遇到了一个人。这个人是BBC电台的制作人西蒙·布莱特，他也有同样的想法：喜剧和科幻。尽管西蒙只制作了第一集广播剧就离开了BBC，专注于他自己的写作（他是查尔斯·帕里斯侦探系列的作者），但我欠他一个无比巨大的人情，因为是他让整件事有了发生的可能性。接替他的是传奇人物杰弗里。

广播剧的原始版本来会走上颇不相同的另一条路。当时我对整个世界都不太满意，因此把六个故事组合在一起，每一个都以世界因不同理由、以不同方式被摧毁而告终。广播剧本来会叫《地球的末日》。

在第一个故事里，地球将被摧毁，给新修的超空间快速通道让路，就在填补细节的时候，我意识到我需要一个外星来客的角色，让他告诉读者正在发生什么，为情节提供所需的背景。因此，我必须搞清楚这个人是谁和他在地球上干什么。

我决定叫他福特·大老爷。（美国听众没听说过这款古怪的车名，自然不能理解这个笑话，许多人以为 Prefect 是输错的 Perfect。）我在文本里解释说，我的外星人角色在来地球之前只做了一丁点调查，一部《指南》的指南使得他认为这个名字会"极不起眼"。他的问题在于，他完全搞错了地球上的主导生命形态。那么，这个错误是怎么产生的呢？我回想起我搭车游历欧洲的时候，找到的信息或建议往往早已过期或具有误导性。当然了，这些信息或建议主要来自其他人的浪游经历。

就在这时，《银河系搭车客指南》这个书名突然从它多年来躲藏的地方钻出来，再次跃入我的脑海。我决定，福特就是为《指南》搜集资料的调查员。一旦我开始探索这个点子，它就不可阻挡地成了故事的核心，而其他的，正如福特大老爷车型的创造者会说的，都是废话了。

正如许多读者会吃惊地发现的，这个故事以极其曲折的方式向前发展。分集写作意味着写完一集时，我根本不知道下一集会有什么内容。因此，在情节的突然转折之中，某个事件突然揭开了先前某些事情的原委时，我和其他人一样惊讶。

我认为，BBC 在该剧制作过程中的态度与麦克白对待杀人的态度如出一辙：起初是怀疑，后来是谨慎的热忱，然后是越来越强烈的惊慌，因为项目规模不但极其庞大，而且永远看不到尽头。小道消息称杰弗里和我把录音师在地下制作室里一关就是几个星期，制作一个音效耗费的时间足够其他人制作一整部系列剧（更不用说在这个过程中侵占了其他人使用制作室的时间），这些消息遭到了我们的极力否定，而且百分之百是真的。这部广播剧的预算不断攀升，到最后都能用来制作几秒钟的《达拉斯》了。要是它不成功的话……

第一集于 1978 年 3 月 8 日星期三的下午 1 时 30 分在 BBC 广播 4 台播出，盛大地没有任何宣传。不睡觉的蝙蝠听了。偶尔有狗叫两声。过了两周，电台陆续收到了一两封来信。因此——毕竟还是有人听了嘛。和我聊过的人似乎都很喜欢偏执狂机器人马文，我只是把他当作喜剧小品来写，在杰弗里的再三坚持下才进一步拓展了他的角色。

然后，几家出版商表示感兴趣，Pan 图书公司委托我把它扩写成系列小说。经过漫长的拖延、躲藏、找借口和洗澡，我总算写完了三分之二。到了这时，他们说——说得非常客气和体贴——我已经跳了十个截稿期,因此请你赶紧写完手头的这一页,把该死的稿子交出来。

另一方面,我正忙着写另一个系列,同时还在给《神秘博士》写剧本和改剧本,因为尽管主创自己的广播剧非常快乐,尤其是还有人写信给你说他听过这个剧,然而我依然要挣钱吃饭呀。

就是在这样的情况下,1979年9月,《银河系搭车客指南》出版了,它立刻登上《星期日泰晤士报》并就此长居榜首。显然,还是有人在听这个剧的嘛。

然后事情就开始变得复杂了,因此才有人叫我写这篇导言来解释一下。

《指南》以多种形式面世——有书,有广播剧,有电视剧和有声书,很快还会有一部大制作的电影——每次都伴随着《指南》故事线的一个不同指南,就连脑筋最好的爱好者有时候也不免感到困惑。

以下是不同版本的细分情况,但不包括多个舞台剧版本,它们让事情变得愈加复杂了。

广播剧版本于1978年3月开播。第一季包括六集,电台称之为"节"。第一到第六节。很简单吧。同一年晚些时候,电台又制作并播出了一集,也就是所谓的圣诞集。故事和圣诞节没有任何关系。之所以叫圣诞集,只是因为它首播于12月24日——那天并不是圣诞节。接下来,事情就变得越来越复杂了。

1979年秋,搭车客系列的第一部出版了,书名就叫《银河系搭车客指南》。它大幅度扩充了广播剧的前四集,一些角色的行为方式完全不同,而另一些尽管完全相同,但动机完全不同,最后的结果完全相同,只是省去了重写对白。

差不多同一时间,双唱片的有声书面世了。它是广播剧前四集略作删减后的版本,并不是最初在电台播放的录音,而是基于差不多相同的剧本重新录制的。之所以要这么做,是因为我们在广播剧里播放唱片充当配乐,这么做在电台播放的节目里没有问题,但对于商业发行的版本来说就不行了。

1980年1月,《银河系搭车客指南》全新的五集广播剧在一周内播出,因此这套广播剧共有十二集。1980年秋,搭车客系列的第二部小说在英国出版,与此同时,Harmony图书公司在美国出版了第一部小说。第二部小说基于《银河系搭车客指南》广播剧的第7、8、9、10、11、12、5和6集(以此顺序)做了重大的改编、重编辑和删减。为了避免显得过于直接,这本书名为《宇宙尽头的餐馆》,因为故事里包括《银河系搭车客指南》广播剧第5集的素材,这一段故事发生在一家名叫"毫河"的餐馆里,也就是著名的宇宙尽头的餐馆。

差不多与此同时,第二部有声书制作完成了,故事来自广播剧的第5和第6集,经过了大幅度的重写和扩展。这部有声书名叫《宇宙尽头的餐馆》。另一方面，BBC制作了《银河系搭车客指南》的六集电视剧，并于1981年1月播出。电视剧大致基于广播剧的前六集。换句话说，它整合了《银河系搭车客指南》小说和《宇宙尽头的餐馆》小说的后半部。因此，尽管电视剧遵循了广播剧的基本架构，但也吸收了两部小说的修订内容，而小说并没有遵循广播剧的架构。

1982年1月，Harmony图书公司在美国出版了《宇宙尽头的餐馆》。1982年夏，搭车客系列的第三部小说同时在英国和美国出版，名为《生命、宇宙以及一切》。它不但不基于已经在电台和电视里播出的任何内容，而且还完全相悖于广播剧的第7、8、9、10、11和12集。你们应该还记得，《银河系搭车客指南》广播剧的这几集已经在修订后整合进了《宇宙尽头的餐馆》小说。

然后我去美国写了一个电影剧本，它与到目前为止的大部分情节都完全不同，由于电影制作延期（目前的传闻是它将比《最后的特朗普》稍早一点开拍），我又写了三部曲的第四部也是最后一部，名叫《再会，谢谢所有的鱼》。它于1984年秋在英国和美国同时出版，事实上与目前包括它本身在内的所有情节相矛盾。

人们常常问我在这样的情况下该怎么离开地球，为此我列出了如下的简要建议。

**如何离开地球:**

1. 打电话给美国宇航局。他们的电话号码是（731）483-3111。就说你有要事在身,必须尽快离开地球。

2. 要是他们不肯配合,那就打给你在白宫（电话号码（202）456-1414）的任何一个朋友,请他给美国宇航局的弟兄们打个招呼。

3. 要是你在白宫没有朋友,那就打电话给克里姆林宫（请跨国接线员帮你转 0107-095-295-9051）。他们在白宫同样没有朋友（至少明面上没有）,但影响力似乎是有那么一点点的,所以你不妨一试。

4. 要是上一步同样失败了,那就打电话给教皇,求他指引方向。他的电话号码是 011-39-6-6982,据说他的总机永远能接通。

5. 要是上述尝试统统失败了,那就招手拦一架路过的飞碟,就说你有生死攸关的要事,必须在收到电话账单前离开地球。

道格拉斯·亚当斯

洛杉矶 1983 年,伦敦 1985 年

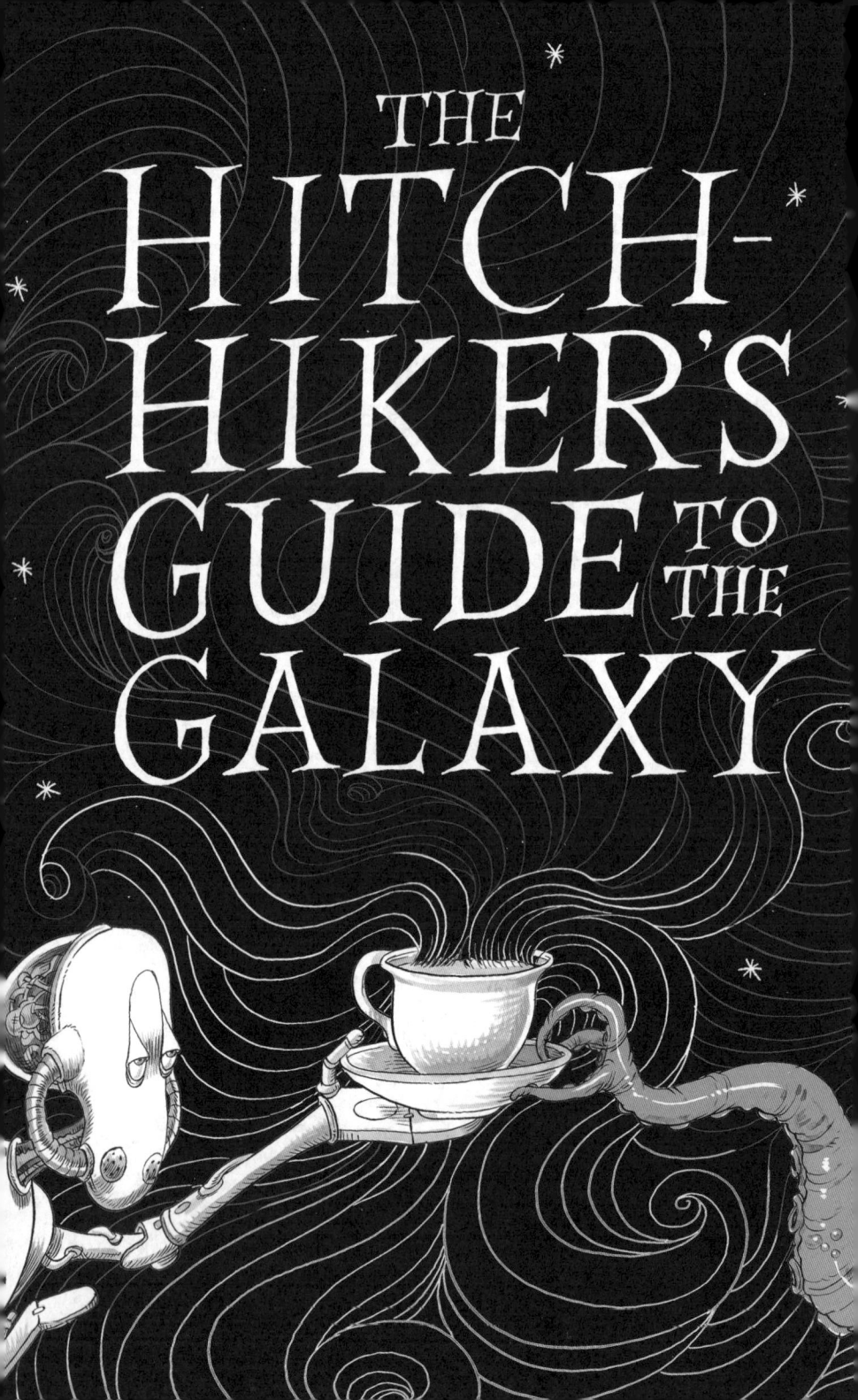

献 给

约翰尼·布洛克、克莱尔·高斯特及其他阿灵顿人

为了茶、同情和沙发

亚瑟·邓特　　　　　　　福特·大老爷

毕博布鲁克斯

翠莉安　　　　　　　马文

银河系西旋臂少人问津的末端、未经勘测的荒僻区域深处，有一颗没人在乎的小小黄色恒星。

以大约九千两百万英里半径绕它旋转的，是一颗完全无关紧要的小小的蓝绿色行星，这上面从猿猴繁衍而来的生命形式原始得让人吃惊，居然还以为数字式电子表是个很高明的主意。

这颗行星有（更确切的说法：曾经有）个问题，那就是绝大多数居民在绝大多数时间里都不怎么开心。针对这个问题提出过许多解决方案，但绝大多数方案大体而言都和绿色小纸片的流动有关。这可真是太奇怪了，因为从头到尾不开心的又不是绿色小纸片。

于是问题依然如故；人们过得一塌糊涂，大部分更是生不如死，戴数字式电子表的也不例外。

很多人越来越赞成一个观点：当初从树上下来是犯了个大错。有些人甚至说连上树这一步都不对，从一开始就不该离开海洋。

有位老兄说咱们都该换换思路，来一起与人为善吧，于是他被钉死在一棵树上，之后过了近两千年的一个星期四，一个姑娘独自坐在里克曼沃斯的一家小咖啡馆里，忽然领悟到一直以来究竟是哪儿出了岔子。她终于知道该怎么把这个世界变成和谐欢乐的好地方。这次的解决方案很正确，能成功，不会有人被钉死在任何东西上。

然而可惜的是，她还没来得及找到电话把想法告诉别人，一场恐怖而愚蠢的大灾难陡然降临，永远抹杀了她的好办法。

这个故事与她无关。

这个故事与那场恐怖而愚蠢的大灾难及其种种后果有关。

这个故事还和一本书有关，这本书名叫《银河系搭车客指南》。它不是地球上的书，从没在地球上出版过。在那场恐怖的大灾难降临前，也没有任何一个地球人见过甚至听说过这本书。

然而，这本书实在是非同凡响的杰作。

说真的，这恐怕是小熊星座那些出版业巨头推出过的最非同凡响的书籍了，当然了，也没有任何一个地球人听说过这些巨头的名字。

这本书不止是非同凡响的杰作，同时也获得了极大成功——比《天国家庭护理百科全书》更流行，比《零重力下五十三件必做之事·续》更畅销，比欧龙·克鲁飞名噪一时的哲学三部曲《上帝错在哪里？》《上帝的更多大错误？》和《上帝这家伙究竟是谁？》更引人争议。

银河外东沿区更加悠闲处世的许多文明世界里,《搭车客指南》已经取代了《大银河系百科全书》,成为所有知识和智慧的标准储藏库,因为尽管此书冗余颇多,且收纳了为数不少的杜撰篇章(至少也是极为不准确的描述),但在两个重要方面比那部历史更悠久、内容更无趣的著作略胜一等。

首先,价格稍微便宜一点。其次,封面上用大且友善的字体印上了"别慌"二字。

言归正传,那个恐怖而愚蠢的星期四和它非同寻常的种种后果,以及这些后果如何

欧龙·克鲁飞

与这本非同凡响的书籍产生了难分难解的纠葛——这些故事的开端却非常简单。

故事开始于一幢屋子。

# 1

这幢屋子孤零零地坐落在村庄边缘的缓坡上,放眼望去是英国西南部无边无际的农田。这幢屋子不管从任何意义上说都平平常常,房龄近三十年,矮胖短粗,方头方脑,砖木结构,正面的四扇窗户不管是尺寸还是比例都或多或少地让人看了不舒服。

认为这座屋子有任何特殊之处的人只有一个,他叫亚瑟·邓特,他之所以觉得屋子特殊,原因仅仅是他凑巧住在屋子里。自打搬出害得他紧张易怒的伦敦后,邓特在这儿已经住了快三年。顺便提一句,他三十来岁,高大,黑发,从没有真正怡然自得过。最常让他烦恼的事情是人们总要问他到底为什么一脸烦恼。他在本地电台工作,最常告诉朋友的话是这份工作比他们想象的好玩很多。事实也确实如此,因为他的大多数朋友都从事广告业。

星期三夜里大雨如注,浇得乡间小路湿滑泥泞,但到了周四早晨,太阳最后一次照耀亚瑟·邓特的屋子时,天空晴朗，阳光明媚。

亚瑟这会儿还没记起来，镇议会想拆掉这幢屋子，在原址修建一条公路旁道①。

星期四早晨八点，亚瑟感觉不太好。他迷迷糊糊地醒来，起床，在卧室里迷迷糊糊地兜了一圈，打开窗户，看见推土机，找到拖鞋，踢踢踏踏地走进卫生间洗漱。

把牙膏挤在牙刷上——挤好了。刷牙。

修面镜对着天花板，他扶正镜子。镜子里闪过卫生间窗外的又一辆推土机。调整角度，亚瑟·邓特的胡须茬出现在镜子里。刮完脸，洗脸，擦脸，他又踢踢踏踏地走进厨房，想弄些可口的食物填进嘴里。

水壶，插头，冰箱，牛奶，咖啡。哈欠。

"推土机"这三个字在脑海里游荡，寻找着与之匹配的概念。

厨房窗外的推土机可真大呀。

他盯着推土机。

"黄色"，他想道，踢踢踏踏地走回卧室穿衣服。

经过卫生间，他停下，喝了一大杯水，然后又接了一大

---

① 旁道（bypass）：绕过交通阻塞区或交通不畅区的捷径式公路。——译者

杯。他开始怀疑他是不是宿醉了。为什么会宿醉？昨晚喝酒了吗？想必是喝了。修面镜里有个东西一闪而过。"黄色"，他心想，踢踢踏踏地继续走向卧室。

他站住了，仔细回想。酒馆，心想。噢，天哪，酒馆。他隐约记得一件似乎很重要的事情弄得他非常生气。他在对别人倒苦水，长篇累牍地倒苦水，想必如此吧，因为最清晰的视觉记忆是其他人脸上迟钝的表情。事情和新的公路旁道有关，他才刚刚发现不久。消息传来传去好几个月了，但似乎没有人弄明白过。太荒唐了。他又喝了一大口水。事情迟早会自己解决的，他最后下了结论，谁需要公路旁道啊？没人会支持镇议会。事情总能自己解决的。

上帝啊，他给自己惹了多么可怕的一场宿醉。他看着穿衣镜里的自己，伸出舌头。"黄色"，他想道。"黄色"这个词在脑海里游荡，寻找与之匹配的概念。

十五秒后，他已经来到屋外，躺在驶向花园小径的巨大黄色推土机前。

套用一句俗话，L. 普罗瑟先生不过是个凡人。换句话说，他是从猿猴繁衍而来的碳基二足生物。更确切地说，他四十岁，肥胖而邋遢，老板是镇议会。说来有趣，尽管他本人并不知道，但他确实是成吉思汗的父系直系后代，只是被世代交替和种族融合彻底篡改了基因，蒙古血统的外貌特征消失殆尽，伟大先祖的遗赠如今仅剩下格外茁壮的腹部和对毛皮小帽的偏爱。

他无论如何也算不上什么伟大的战士，只是一个既紧张又担忧的中年人。他今天格外紧张，格外担忧，因为他的工作遇到了一个超级大麻烦，而他所谓的工作是要确保在日落前铲平亚瑟·邓特的屋子。

"邓特先生，起来吧，"他说，"你赢不了的，你自己也知道。总不能在推土机前面躺一辈子吧？"他竭力让双眼喷出凶狠的火光，却怎么也做不到。

亚瑟躺在烂泥里，嘎吱嘎吱地朝他压泥巴。

"我跟你耗上了，"他答道，"看看谁先生锈。"

"很抱歉，你必须要接受现实，"普罗瑟先生抓住毛皮软帽，在头顶上一圈一圈地转，"这条旁道必须修建，马上要开始修建了！"

"前半句我听见过，"亚瑟说，"请问为什么必须修建？"

普罗瑟先生气得抬起胳膊指着他，点了几下才放下。

"为什么必须修建？你这话什么意思？"他说，"这是一条旁道，难道还能不修旁道不成？"

旁道是一种交通设施，能帮助一些人以非常快的速度从 A 点冲到 B 点，同时让另一些人以非常快的速度从 B 点冲到 A 点。住在上述两点之间某处 C 点的人经常要大惑不解，A 点究竟有什么了不起的，能让那么多 B 点的人非得心急火燎往A点赶，而B点又有什么了不起的，能让那么多A点的人非得心急火燎往B点赶。C点的人经常祈祷，希望大家都能一了百了地搞清楚他们到底想要干什么。

普罗瑟先生想去D点。D点不是某个特定的地方，只是一个远离A、B、C三点的方便去处。他打算在D点建一座舒适的乡村小木屋，门背后挂着斧头，到E点也就是离D点最近的酒馆愉快地消磨大把时光。他老婆无疑想要种攀缘蔷薇，但他只想要斧头。他不知道为什么，但他就是喜欢斧头。推土机驾驶员纷纷露出嘲弄的坏笑，他的脸顿时红得发烫。

他的重心在两脚之间换来换去，无论怎么站都同样觉得不舒服。显而易见，有人办事不力到了令人发指的地步，他祈祷那个人不是他。

普罗瑟先生说："你难道不知道吗？你有权在合适的时间内提出任何建议和抗议。"

"合适的时间？"亚瑟怒喝道，"合适的时间？昨天有个工人来敲门，我才第一次听说这件事。我问他是不是来清洁窗户的，他说不是，他是来清除屋子的。更可气的是他没有立即说清楚，而是先擦了几扇窗户，收了我五块钱，然后才告诉我。"

"可是，邓特先生，建筑计划已经在镇上的规划办公室挂了九个月。"

"你还有脸说？啊哈，一听说有这事，昨天下午我立刻冲过去看了。你们根本就没打算让大家注意这个建筑计划，对吧？都懒得真的把任何事情告诉任何人，对吧！"

"但计划早就在公示——"

"公示？我最后下到地窖里才找到！"

"但那里就是公示办公室！"

"离了手电筒恐怕什么都看不清楚吧！"

"呃，嗯，灯大概坏了吧。"

"楼梯也坏了对吧？"

"但你最后不是也找到通知书了吗？"

"找到了，"亚瑟说，"确实找到了。公示？在一个上锁文件柜最底下的抽屉里公示！文件柜塞在废弃的厕所隔间里，隔间门上还贴了个'美洲豹出没注意'的标记！"

亚瑟·邓特在冰凉的烂泥地里用胳膊肘撑起身子，一朵云飘过头顶，把阴影投向他，也把阴影投向亚瑟·邓特的屋子。普罗瑟先生皱起眉头，盯着这幢屋子。

"屋子又不是特别好。"他说。

"太对不住了，但碰巧我很喜欢。"

"你会喜欢新旁道的。"

"你给我闭嘴！"亚瑟·邓特说，"闭嘴，带着你该死的旁道给我滚开。根本没人支持你们，你自己也知道。"

普罗瑟先生张开嘴又合上，如此反复数次，他的脑海有一瞬间充满了难以名状但极具诱惑力的幻象：大火吞噬了亚瑟·邓特的屋子,亚瑟本人狂叫着逃离烈焰中的废墟,背上至少插了三根沉重的长矛。类似的幻象时常侵扰普罗瑟先生,他每次看到都会变得分外紧张。他有几秒钟嗫嚅着说不出话,不过很快就恢复了镇定。

"邓特先生。"他说。

"什么?怎么了?"亚瑟说。

"我要告诉你一件特别小的小事。要是我命令推土机从你身上压过去,你知道推土机会受到多大的伤害吗?"

"多大?"亚瑟问。

"完全没有。"普罗瑟先生答道,他跺着脚走开了,紧张兮兮地琢磨一千个浑身长毛的骑手为什么在脑海里对他叫喊。

这个巧合相当有趣,因为"完全没有"正是由猿猴繁衍而来的亚瑟·邓特对他最亲近的朋友并非由猿猴繁衍而来的怀疑程度,他同样没有怀疑过他这位朋友会不会不像他通常自称的那样来自吉尔福德①,而是来自参宿四附近某处一颗小小的行星。

亚瑟·邓特对此从未起过半点疑心。

他的这位朋友在大约十五个地球年前抵达地球,想方设法融入地球社会。我们必须承认他获得了一定程度的成功。

---

① 吉尔福德(Guildford):英格兰东南的自治城市,位于伦敦西南。——译者

比方说，他花了十五年时间扮演失业演员，得到的结果颇为真实可信。

不过，他也犯过不动脑子的错误，在做准备研究的时候没怎么上心，搜集到的情报让他给自己取了"福特·大老爷"① 这么一个化名，希望能不引起注意。

他个头不矮，但没有高得会引起注意，相貌出众，但也没有帅得会引起注意，淡赤黄色的硬直头发从两鬓朝后梳，皮肤像是从鼻子附近向后揪紧。他这个人有什么地方不太对劲，但你很难说清到底是哪儿不对劲。也许是双眼眨动不够频繁，跟他说话时间长了，你的眼睛会不由自主地发酸流泪。也许是他笑起来嘴巴咧得太宽，害得其他人精神紧张，总担心他会扑过来咬自己的脖子。

他在地球上交往的大部分朋友都觉得这个人不太正常，但也没有伤害性，是个有怪癖的没规矩酒鬼。举例来说，他经常擅自闯进大学派对，喝得酩酊大醉，在被扔出去之前肆意嘲笑眼前的任何一位天体物理学家。

有时候，他会陷入奇特的失神状态，眼巴巴地盯着天空，就好像被催眠了，直到旁人问他在干什么他才会像是犯罪当场被捉似的吓一大跳，然后松弛下来，咧嘴微笑。

---

① 角色名（Ford Prefect）引自福特汽车公司的著名高端车型系列，1938年诞生，1961年停产，车型雍容典雅，有贵族气质，曾风行一时。福特误认为地球上的主要生物是汽车，见同名电影情节。——译者

"啊哈,只是在找飞碟,"他总是这么打趣,其他人往往会放声大笑,然后问他具体在找哪种飞碟。

"绿的!"他每次都淘气地笑着说,然后爆发出一阵狂笑,一头钻进最近的酒吧,猛喝一轮大酒。

这种夜晚的结局通常来说都很糟糕。威士忌往往会害得福特脑子脱线,随便逮个姑娘缩在角落里,大着舌头说飞碟的颜色其实没那么重要。

等他离开酒吧,跟跟跄跄、半瘫不瘫地走在夜晚的街道上,他总会问路过的警察知不知道回参宿四怎么走。警察通常会说:"先生,你不认为到这个点也该回家了吗?"

"我正在努力回家,亲爱的,我正在努力呢。"福特永远会这么回答。

事实上,茫然凝望天空时,他确实在寻找飞碟,任何种类的飞碟都行。之所以说绿色,是因为绿色是参宿四贸易侦察船的太空辨识色。

福特·大老爷对任何种类的飞碟能在近期出现已经等得绝望了,十五年时间被困在任何一个地方都不好受,地球这种无聊得让人大脑发霉的地方尤其如此。

福特之所以盼望飞碟能在近期出现,是因为他知道该怎么召唤飞碟降落,求碟主搭他一程。他还知道该怎么以每天不到三十牵牛星元的价钱饱览宇宙胜景。

事实上,福特·大老爷是一名流动调查员,为《银河系搭车客指南》这部非同凡响的杰作贡献内容。

人类的适应力惊人，到午饭的时候，亚瑟住处附近的生活已经步入常态。亚瑟接受了他的角色：躺在烂泥里发出嘎叽嘎叽的响声，偶尔提出各种要求，其中包括见律师、找母亲和搞本好书看；普罗瑟先生也接受了他的角色：想出一个个新花招试探亚瑟，什么"牺牲小我成全大我"，什么"时代车轮滚滚向前"，什么"我家屋子也被拆过"，什么"向前看别恋旧"，各式各样的威逼利诱层出不穷；推土机驾驶员同样接受了他们的角色：坐在附近喝咖啡，同时研究工会条例，讨论该怎么把局势导向让他们得利的方向。

地球沿着日常轨道缓缓旋转。

太阳开始晒干亚瑟躺的那片烂泥地。

阴影再次笼罩了亚瑟的身体。

"你好，亚瑟。"阴影说。

亚瑟抬起头，眯起眼睛抵挡阳光，讶异地发现站在面前的是福特·大老爷。

"福特！嘿，你怎么样？"

"很好，"福特说，"喂，有空吗？"

"有空吗？"亚瑟惊呼道，"呃，我得躺在这些推土机和其他东西前面，否则他们就要把我家推平了，除此之外嘛……呃，有空，其实也还挺空的，怎么了？"

参宿四星区不存在讽刺挖苦这东西,要是不集中精神,福特·大老爷通常很难分辨出这种语气。他说:"那就好,能找个安静地方聊两句吗?"

"聊什么?"亚瑟·邓特说。

福特有几秒钟完全忘记了他的存在,他呆呆地望着天空,就像一只即将被汽车碾死的兔子。他突然在亚瑟身旁蹲下。

"咱们需要聊聊。"他急切地说。

"很好,"亚瑟说,"那就聊呗。"

"还要喝两杯。"福特说,"聊聊,喝酒,都是性命攸关的重要事情。就现在。咱们去村里那家酒馆。"

他再次抬头望天,神情既紧张又期待。

"喂,你还不懂吗?"亚瑟大喊,指着普罗瑟说:"他要把我家推平。"

福特困惑地瞥了一眼普罗瑟。

"呃,你不在的时候他可以动手,对吧?"他问。

"但我不想让他动手!"

"啊哈。"

"我说福特,你到底是怎么了?"亚瑟说。

"没什么。没什么重要的。听我说,我必须告诉你一件事情,你这辈子从没听过这么重要的事情。我必须现在就告诉你,必须在'马和马夫'酒馆里告诉你。"

"但为什么呢?"

"因为等你听完了，会需要喝杯带劲的。"

福特盯着亚瑟，亚瑟很惊讶地发现他的意志开始软化。他没有觉察到这是因为福特用上了一种古老酒桌游戏的手段，福特在参宿七①星系马德兰矿采矿带的配套超空间港口学会了这种游戏。

这种游戏和名叫"印度摔跤"的地球游戏不无相似之处，它是这么进行的：

两名对手隔桌相向而坐，面前各摆一只杯子。

两人之间是一瓶"销魂浆"，这种好酒声名远播，有古老的猎户座采矿歌赞曰：

> 销魂琼浆莫多饮
> 多饮头昏吐狂言
> 销魂琼浆莫多饮
> 多饮目裂人归西
> 将进酒，杯莫停
> 销魂琼浆催人罪

两名参赛者把意志力投射在酒瓶上，尽力使之倾斜，把烈酒倒进对方的杯子，而对方则必须一饮而尽。

---

① 即猎户座 β 星。——译者

然后，装满酒瓶，游戏重新开始，如是往复。

你一旦开始输，很可能就会输个没完，因为销魂浆的后劲之一就是遏制心灵致动能力。

等约定的酒量消耗殆尽，输家将不得不接受惩罚，其内容在生物学意义上来说通常相当下流。

福特·大老爷通常扮演输家。

福特瞪着亚瑟，亚瑟开始认为他也许确实想去一趟"马和马夫"酒馆。

"但我家呢……？"他哀怨地问。

福特望着不远处的普罗瑟先生，脑子里忽然涌上一个恶毒的点子。

"他想把你家推平？"

"对，他想修建……"

"你躺在推土机前面，所以他不能把你家推平？"

"对，而且……"

"我觉得我肯定能安排好，"福特说。"不好意思！"他喊道。

普罗瑟先生（正在和推土机驾驶员工会的发言人争论，亚瑟·邓特是否对工人的精神健康构成威胁，假如构成，驾驶员该获得多少补偿）扭头望向他们。见到亚瑟多了个同伴，他很惊讶，同时又稍微有点慌张。

"嗯？怎么了？"他喊道，"邓特先生恢复理智了吗？"

"就现在来说，"福特也喊道，"我们是不是可以假设他还没有？"

"唉，所以呢？"普罗瑟先生喟然长叹。

"另外，我们是不是可以假设，"福特说，"他今天一整天都会躺在这儿？"

"所以呢？"

"所以，你们的人今天一整天都会无所事事地站在那儿？"

"有可能，很有可能……"

"那么，假设各位已经认可情况会这么发展，那么你们其实并不需要他一直躺在这儿，没错吧？"

"什么？"

"你们其实，"福特耐心地重复道，"并不需要他躺在这儿。"

普罗瑟先生思考着他的话话。

"呃，不，不是很……"他说，"不是特别需要……"

普罗瑟忧心忡忡。他认为正在交谈的两个人里有一个人的脑袋出了问题。

福特答道："那么，假如你愿意把情况视为他实际上还在原处，那么我和他就可以暂时离开半个小时，去一趟酒馆了。听起来怎么样？"

普罗瑟先生觉得听起来非常愚蠢。

"听起来非常有道理……"他用安慰的语气说，心里在想究竟谁更需要安慰。

"假如稍后你想离开一会儿,去飞快地喝杯小酒,"福特说,"我们反过来也可以帮你打掩护。"

"非常感谢,"普罗瑟先生答道,他已经想不出该怎么接话了,"非常感谢,对,实在太客气……"他皱起眉头,继而绽放笑容,接着想同时皱起眉头和绽放笑容,却没能成功,他伸手揪住毛皮帽子,扣在头顶上一下一下地转。他只能认为自己终于获得了胜利。

"那么,"福特·大老爷继续道,"你愿不愿意过来一下,躺在这儿……"

"什么?"普罗瑟先生说。

"啊,不好意思,"福特说,"也许是我没说清楚。总得有人躺在推土机前面吧?你说呢?否则要是没人阻挡,推土机不就可以去推平邓特先生家了吗?"

"什么?"普罗瑟先生又说。

"非常简单,"福特说,"我的委托人邓特先生说,他停止躺在这片烂泥地里的唯一先决条件是你过来替他躺着。"

"你在说什么啊?"亚瑟说,但福特用鞋尖捅了捅他,示意他保持安静。

"你要我,"普罗瑟慢慢地对自己解释这套新思路,"走过去,躺在那儿……"

"对。"

"躺在推土机前面。"

"对。"

"替邓特先生躺着。"

"对。"

"躺在烂泥里。"

"就像你说的,躺在烂泥里。"

普罗瑟先生意识到失败的依然是他,他觉得仿佛卸下了千钧重担:这才像是他熟悉的世界嘛。他长出一口气。

"作为你带邓特先生去酒馆的回报。"

"没错,"福特说,"正是如此。"

普罗瑟先生紧张地迈了几小步,又停下了。

"你保证?"他说。

"我保证,"福特说完,扭头对亚瑟说,"还不快起来,让这位先生躺下。"

亚瑟站起来,只觉得像是在做梦。

福特招呼普罗瑟过来,普罗瑟哀伤而笨拙地在烂泥里坐下。他觉得自己的整个人生就是一场梦,他有时候会思考究竟是谁在做梦,做梦的人有没有得到快乐。烂泥裹住他的屁股和胳膊,淌进他的鞋子。

福特严厉地盯着他。

"不许趁邓特先生离开的时候偷偷推平他家,明白吗?"他说。

"这个念头——"普罗瑟先生嘟囔道,"——都还没开始——"他朝后躺下去,"——考虑有没有可能进入我的脑海呢。"

他看到推土机工会的代表走了过来,连忙把脑袋往下一放,闭上眼睛。他正在打腹稿,准备证明他本人此刻没有对工人的精神健康构成威胁。但他自己也难以确定,因为他的脑海里充满了噪音、马匹、浓烟和血腥味。每当他自怨自艾,感觉遭受了不公正的待遇,就会产生类似的反应,他一直不明白这到底是怎么回事。大可汗在他无从了解的更高维度空间里愤怒嗥叫,普罗瑟先生却只能颤抖着暗自饮泣。眼帘后的泪水刺痛了眼珠。官僚主义酿成大错,愤怒的人躺在烂泥里,无法理解的陌生人施以无法解释的侮辱,不明身份的骑兵大军在脑海里嘲笑他——这日子,唉!

这日子,哈!福特·大老爷知道,此时此刻,亚瑟的屋子会不会被推平,这个问题的答案甚至比不上一副澳洲野狗的腰子值钱。

亚瑟还是忧心忡忡。

"但那家伙值得信任吗?"他问。

"就我个人而言,我肯信任他,直到世界末日。"福特说。

"是吗?"亚瑟说,"世界末日有多远?"

"差不多还有十二分钟,"福特答道,"快,我需要喝一杯。"

# 2

《大银河系百科全书》对酒有如下论述。它说酒精是一种易挥发的无色液体,由糖类发酵得来,还特别指出了酒精对特定的碳基生物具有致醉效用。

《银河系搭车客指南》也提到了酒。它说全宇宙现存的最佳饮品莫过于"泛银河系含漱爆破液"。

《指南》还说,喝"泛银河系含漱爆破液"就像用一小片柠檬裹上一大块金砖砸得你肝脑涂墙。

《银河系搭车客指南》同时也告诉你,哪些星球能调制出最好的"泛银河系含漱爆破液",每份你该付多少钱,以及喝完后各有什么志愿者组织帮助你重获新生。

《银河系搭车客指南》甚至教你该怎么自己调配这东西。

拿起一瓶销魂浆,《银河系搭车客指南》这样说。

把里头的汁液全都倒进一份来自桑特拉金斯五星球的海水——噢,那桑特拉金斯的海水,《银河系搭车客指南》这么说。噢,那桑特拉金斯的鱼儿!

让三块大角星系超绝金酒的凝冰在混合物中融化（凝冻过程必须万无一失，以免失去石油醚）。

让四升法利亚星沼气以气泡形式涌过混合物，借此缅怀在法利亚大沼泽中死于欢愉的快乐旅人。

用银匙背面挑起一份奎拉克廷超级薄荷提取物添进去，你会因此联想到黑暗的奎拉克廷地区的诸多醉人气味：微妙、甘美、神秘。

放入一枚大陵五①太阳虎的牙齿。看着牙齿渐渐融化，把大

---

① 大陵五（Algol）：即英仙座 β。——译者

陵五各恒星的烈焰散入这杯酒的内核。

撒上少许赞芙尔。

加橄榄一只。

喝吧……但是……要格外小心。

《银河系搭车客指南》的销量比《大银河系百科全书》略好一筹。

"六品脱[①]苦啤酒，"福特·大老爷吩咐"马和马夫"的酒保，"千万快点，这个世界马上就要终结了。"

"马和马夫"的酒保是一位有尊严的老先生，他可不习惯人们这么没礼貌地使唤他。他扶了扶眼镜，惊诧地看着福特·大老爷。福特没有搭理他，而是扭头望向窗外，酒保的视线于是投向亚瑟，亚瑟无能为力地耸耸肩，一个字也说不出来。

酒保只好答道："哦，是吗？先生，天气不错，正巧适合。"他说着拧开龙头斟酒。

他还没有放弃寒暄的努力。"这么说，今天下午打算去看比赛了？"

福特扫了他一眼。

---

① 1 品脱合 0.568 升。——译者

"不，毫无意义。"他答道，扭头接着往窗外看。

"这话怎么说，先生，难道你能你未卜先知？"酒保说，"阿森纳没有任何机会？"

"不，不是，"福特说，"只是这个世界快完蛋了。"

"哦，好吧，先生，随你怎么说。"酒保从镜框上方望着亚瑟。"要真是这样，那就算阿森纳逃过一劫了。"

福特也望着他，他的惊讶发自肺腑。

"不，也不尽然。"他说着皱起眉头。

酒保深吸一口气。"你的酒，先生，六品脱。"他说。

亚瑟有气无力地对他笑笑，又耸了耸肩。他转过身，对酒吧里的其他人也有气无力地笑了笑，以免他们其中有人听见了这番对话。

他们没人听见，也没人知道他为什么对他们微笑。

福特旁边的客人看看福特和亚瑟，看看六品脱啤酒，飞快地心算一番，得出的结论很讨他喜欢，他咧开大嘴，满怀希望地对两人露出一脸傻笑。

"滚开，"福特说，"都是我们的。"他丢过去的眼神能让大陵五太阳虎哪儿凉快哪儿歇着去。

福特把一张五英镑拍在吧台上。他说："零头留着吧。"

"什么？五镑不用找？先生，那可太谢谢了。"

"你还剩下十分钟可以花掉它。"

酒保决定还是走开，上别处歇会儿算了。

"福特，"亚瑟说，"求你了，就告诉我到底是怎么一回事吧。"

"快喝，"福特说，"你有三品脱要灌下去呢。"

"三品脱？"亚瑟说，"午餐时间喝三品脱？"

福特旁边的男人开心地又是龇牙又是点头。福特没搭理他，而是说道："时间只是幻觉，午餐时间更是幻觉加倍。"

"有深度，"亚瑟说，"写下来寄给《读者文摘》好了，有一页专门留给你这样的人。"

"快喝。"

"为什么突然要喝三品脱？"

"肌肉弛缓剂，你会需要的。"

"肌肉弛缓剂？"

"肌肉弛缓剂。"

亚瑟直勾勾地盯着他的啤酒。

"是我今天造了什么孽，"他说，"还是这个世界从来都是这样，只是我从前太自闭，一直没注意到？"

"好吧，"福特说，"我试着解释一下吧。咱们认识多久了？"

"多久？"亚瑟回想道。"呃，大概五年，也许六年，"他说，"大部分时候在当时而言还算合情合理。"

"那好，"福特说，"如果我告诉你，我不是吉尔福德人，实际上来自参宿四附近某处的一颗小行星，你会怎么想？"

亚瑟不咸不淡地耸耸肩。

"不知道,"他喝了一大口啤酒,"怎么了?这难道不正是你会说的那种话吗?"

福特放弃了。世界即将终结,再为这种事烦心真的毫无意义。他只是说:"快喝。"

然后他又淡淡地补充了一句:"这个世界就要终结了。"

亚瑟又对酒吧里的其他人有气无力地笑了笑。酒吧里的其他人对他皱起眉头。有人对他挥挥手,叫他别总是朝大家傻笑,该干啥就干啥去。

"今天肯定是星期四。"亚瑟自言自语,埋头喝起了啤酒。"我永远也搞不清星期四的状况。"

3

就在同一个星期四,一件件东西无声无息地穿过了这颗星球表面许多英里之上的电离层。事实上,它是许多件东西,它们是几十个状如水泥板的粗笨黄色庞然巨物,尺寸和办公大楼差不多,沉静如飞鸟。这些东西轻快地在高空中滑翔,享受恒星太阳发射的电磁射线,等待属于它们的时机,集结着,准备着。

这些东西底下的行星对它们的存在近乎茫然无知,这完全符合它们此刻的愿望。黄色巨物经过贡希利山时没有引起注意,掠过卡纳维拉尔角时,雷达屏幕上连半个光点都没出现,伍麦拉和卓瑞尔河岸①的视线则径直穿过了它们——这可真是太不幸了,因为许多年来他们一直在寻找这种东西。

只有一台小小的黑色仪器侦测到了它们的存在,这会儿

---

① 贡希利山、卡纳维拉尔角、伍麦拉和卓瑞尔河岸:分别是英国著名的卫星地面站、美国的航天发射中心、澳大利亚的火箭发射基地和英国最重要的天文台。——译者

正忙着自顾自地悄悄打信号。仪器名叫"亚以太感应仪",舒舒服服地躺在一个皮挎包里的黑暗中,福特·大老爷习惯于把将挎包挂在脖子上。实话实说,包里的东西相当有意思,足以让地球上任何一位物理学家的眼珠子从脑袋上弹出,因此他总是找几个假装自己正在试镜的剧本,把它们揉皱了放在最上面打掩护。除了亚以太感应仪和剧本,包里还有一枚电子大拇指,这是一根短短粗粗的黑色小棍,光滑的外表做过亚光处理,一端有几个触摸式开关和拨号盘。他还有一个装置,模样有点像超大号电子计算器,有上百个极小的触摸式按键和四英寸见方的屏幕,一瞬间就能从上百万"页"内容之中调出一页放在屏幕上。它看起来复杂得令人发狂,它的紧贴式塑料封套上用大而友善的字体印着"别慌"二字,这就是原因之一。而另一个原因是这样的:这个装置不是别的,正是小熊星系出版业诸巨头推出过的最非同凡响的书籍,《银河系搭车客指南》。之所以要以微亚介子电子器件的方式出版这本书,是因为假如印刷成普通书籍,星际搭车漫游者就必须要随身携带几座用来容纳它的大型建筑物,那可就太不方便了。

再往下,挎包里还有几支圆珠笔、一个记事本和一块购自玛莎百货的大号浴巾。

《银河系搭车客指南》就毛巾谈了不少事情。《银河系搭车客指南》说，大体而言，毛巾是星际搭车漫游者所能拥有的用途最广泛的物品。部分原因是毛巾拥有巨大的使用价值。你可以裹着毛巾取暖，跳跃穿过贾格兰贝塔星的冰冷卫星群；你可以垫着毛巾躺在桑特拉金斯五光辉灿烂的大理石沙粒海滩上，呼吸醉人的海水蒸气；你可以盖着毛巾在荒漠星球卡克拉弗恩睡觉，头顶的红色星光璀璨耀眼；可以用毛巾当帆，扎个小筏子驶下缓缓流动的蛀虫河；可以浸湿毛巾，充当徒手格斗的武器；可以包在脸上抵挡有毒的浓烟或闪避特拉尔星球贪婪虫叮叮兽的视线（这种动物蠢得令人难以置信，认为只要你看不见它，它也就看不见你了——它比灌木丛还迟钝，但异乎寻常地贪婪）；可以在紧急时刻挥舞毛巾发出求救信号。当然了，只要毛巾看起来还算干净，你也可以用它擦身。

更重要的是，毛巾还具有巨大的心理学价值。假如一名"斯卓格"（斯卓格：非搭车漫游者）出于种种原因发现一名搭车漫游者身边有毛巾，他就会自然而然地认为漫游者还有牙刷、洗脸巾、香皂、饼干筒、烧瓶、指南针、地图、毛线球、防蚊喷剂、雨具、太空服，等等等等，不胜枚举。更进一步，斯卓格还会愉快地把搭车漫游者不小心"弄丢"的以上及几十种其他物品借给漫游者。斯卓格会认为：既然一个人能搭车穿越这么宽、这么长的银河系,吃过了苦头,逛过了贫民窟,在糟糕的劣势中战斗过,成功走到这里的时候依然知道他的毛巾在哪儿,那么显而易见,这就是一个值得信赖的人。

因此,搭车客俚语里有这么一个说法,例句如"嘿,你萨斯那个胡皮福特·大老爷吗?那位弗洛德可真知道他的毛巾在哪儿"。(萨斯:知道,了解,相遇,与……性交;胡皮:非常成熟老练的人;弗洛德:真正非常成熟老练的人。)

福特·大老爷的挎包里,静静地躺在毛巾上的亚以太感应仪闪烁得越来越快。地表上方许多英里处,黄色巨物开始排开阵势。卓瑞尔河岸天文台,有人觉得应该该喝杯茶好好放松一下了。

"身边有毛巾吗?"福特忽然对亚瑟说。

亚瑟正在和第三杯啤酒搏斗,他扭头瞪着福特。

"什么?呃,没有……应该有吗?"他已经放弃了感到惊讶的能力,似乎一切都丧失了逻辑。

福特恼怒地喷了一声。

"快喝。"他催促道。

就在这时,外面传来一阵沉闷的坍塌声,隆隆巨响盖过了酒吧里客人的交谈声,盖过了点唱机的音乐声,也盖过了

特拉尔星球贪婪虫叨叨兽

福特身旁那家伙喝完威士忌后的打嗝声——福特最终还是请他喝了一杯。

亚瑟呛了一口,猛地跳起来。

"什么声音?"他尖叫道。

"别担心,"福特说,"他们还没开始呢。"

"感谢上帝。"亚瑟说着放松下来。

"多半是你家塌了。"福特说着喝完了他的最后一品脱。

"什么?"亚瑟叫道。福特的咒语忽然被打破了。亚瑟疯狂地扫视一圈周围,然后奔向窗口。

"上帝啊,真是他们!他们正在拆我家。福特,我他妈为什么在酒吧里?"

"到了这个阶段,其实也无所谓了,"福特说,"就让他们找点乐子吧。"

"乐子?"亚瑟尖叫,"乐子!"他飞快地又往窗外看了一眼,确认两人在说同一件事情。

"去他妈的乐子!"他大喝一声,挥舞着几乎空了的啤酒杯,狂暴地冲出酒吧。今天的午餐时间,他在酒吧里没有交到任何朋友。

"住手,破坏狂!毁人家园的暴徒!"亚瑟声嘶力竭地叫道,"快停下,半疯的西哥特人,求求你们!"

福特必须去追他不可。他飞快地问酒保要了四包花生米。

"给你,先生,"酒吧把四包花生米扔在吧台上,"二十八便士，谢谢。"

福特非常大方，他又扔给酒保一张五英镑，还说不用找了。酒保看看钱，看看福特，忽然打了个寒颤：他无法理解这一瞬间所体验到的感觉，因为地球上没人体验过这种感觉。在遭受巨大压力的时刻，每种存在的生命形式都会发射出极微小的潜意识信号，信号所传递的不过是一种精确但几近可悲的感知：这个生命体与它出生地点相距多远。在地球上，你离你的出生地点不可能超过一万六千英里，这段路程实在算不上很远，因此这种信号也就过于微小，难以被觉察到。福特·大老爷此刻承受着巨大的压力，而他位于参宿四附近地区的出生地点与此处相距六百光年之遥。

酒保被巨大得无法理解但又让他无比震惊的距离感击中，头晕目眩了几秒钟。他不知道其中的含义，但望向福特·大老爷的视线里出现了强烈得近乎敬畏的尊重。

"你是认真的，先生，对吗？"他问福特，声音虽然微弱，整个酒吧却都安静了下来，"你认为这个世界即将终结？"

"是的。"福特说。

"但就是今天下午吗？"

福特已经恢复常态，这会儿他冒失得无以复加。

"没错，"他快活地答道，"要是我没算错，顶多还有两分钟。"

酒保无法确定他说得对不对，但同样也无法相信他刚刚体验到的那种感觉。

"我们现在有什么能做的吗?"他问。

"没有,什么都没有。"福特答道,把花生米塞进衣袋。

寂静的酒吧里,一个哑喉咙忽然放声大笑,嘲讽大家怎么会这么傻。

坐在福特旁边的人有点醉了,飘忽不定的眼神好不容易才找到福特。

"我觉得,"他说,"如果世界即将终结,那我们就该躺下来,或者在头上套个纸袋什么的。"

"只要你愿意,随你的便。"福特说。

"军队里就是这么教的。"男人说,眼神又开始了返回威士忌酒杯的长途跋涉。

"有帮助吗?"酒保问。

"没有。"福特送他一个友善的笑容。"不好意思,"他说,"我得走了。"他挥挥手,离开酒吧。

酒吧里又沉默了好一会儿,气氛有点尴尬,先前那个哑喉咙再次放声大笑。过去的这一个小时里,被他拽到酒吧来的姑娘越来越讨厌他;再过一分半钟,这家伙就会突然蒸发,化作一团氢气、氧气和一氧化碳,要是她知道这件事情,内心无疑会得到极大的满足。然而,当那个瞬间到来时,她自己同样正忙着被蒸发,恐怕也没空去注意这个了。

酒保清清喉咙。他听见自己在说:"最后一轮,谢谢。"

巨大的黄色机器开始下降，同时加快速度。

福特知道他们来了，但这并不是他想要的结果。

亚瑟沿着小路跑上山坡，就快跑到他家了。他没有注意到天气忽然变得多么寒冷，没有注意到狂风，没有注意到不合逻辑的暴雨忽然噼里啪啦地下了起来。他什么都没有注意到，眼睛里只有履带式推土机正在碾过曾经是他家的一片瓦砾。

"野蛮人！"他喊道，"我要起诉镇议会，榨干他们的每一个分钱！我要绞死你们，先开膛破肚，再五马分尸！然后鞭尸！然后煮熟……直到……直到……直到收拾够了为止。"

福特在他背后跑得非常快，非常、非常快。

"然后我还要从头再来一遍！"亚瑟还在嚷嚷，"等结束了，再把碎渣收集齐全，在上面使劲跺脚！"

亚瑟没有注意到人们正在逃离推土机，没有注意到普罗瑟先生涨红脸瞪着天空。普罗瑟先生在看黄色巨物呼啸着穿过云层。那些黄色物体巨大得难以想象。

"我要在碎渣上跺个没完没了，"亚瑟还在边跑边喊，"直到脚上起水泡，或者等我想到什么能让你们更加痛苦的办法，到时候……"

亚瑟绊了一下，他一头栽倒，翻了个跟头，背部着地，平躺在那儿。他终于注意到还有其他事情正在发生，举起手指指着天空。

"那是什么鬼东西？"他尖叫道。

那是什么暂且不提，总之巨大得畸形的黄色物体疾驰而过，能把人逼疯的噪音撕破天空，它飞快地跃向远方，在空气中留下的空洞闭合时，产生的轰然巨响吓得耳朵缩进脑袋六英尺。

另一个这样的物体紧随其后，做了完全相同的事情，只是发出的声音更响。

你很难说清这颗星球表面上的人此刻都在干什么，因为他们自己也不知道他们究竟在干什么。没有人做的事情完全符合逻辑——有人跑进屋子，有人跑出屋子，对噪音发出被噪音湮没的嚎叫。随着噪音降临，人群顿时挤满了世界各地的城市街道，而汽车则忙着相互碰撞；噪音又像潮水似的卷过丘陵和山谷、沙漠和海洋，冲击力仿佛要把万物夷为平地。

只有一个人站在那儿仰望天空，眼睛里充满哀伤，耳朵里塞着橡胶耳塞。他知道正在发生什么——某天深夜，亚以太感应仪在枕边开始闪烁，他因此惊醒，从那一刻起，他就知道会发生什么。多年来他一直在等待的就是这个，然而等他独自坐在黑暗斗室中解读出信号模式，冰冷的感觉却攥住了他的身体，挤压着他的心脏。他心想：银河系有那么多种族能飞到地球来，愉快地问候一句大家好，为什么来的非要是沃贡人呢?

想归想,他当然知道他应该怎么做。沃贡飞船在高空呼啸着掠过头顶,他打开挎包,先扔掉《约瑟夫与神奇彩衣》的剧本,再扔掉《福音》的剧本①:他要去的地方用不上这些东西。一切都准备好了,都预备齐了。

他知道他的毛巾在哪儿。

突如其来的寂静笼罩了地球。这事实上比噪音更可怕。接下来好一会儿,什么也没有发生。

地球的每一个国家上空,巨大的飞船一动不动地悬在那儿。飞船就那么一动不动地悬着,巨大、沉重而稳定,自然规律惨遭亵渎。许多人在意识尝试接收眼睛所见之物时直接休克了过去。砖头如何不悬在空中,飞船就如何悬在空中,两者恰好形成鲜明的对比。

还是什么也没有发生。

就在这时,轻轻地响起了一个沙沙声,这沙沙声无所不在,形成了普遍的环境噪音。全世界所有的音响、收音机、电视机、磁带录音机、低频扬声器、高频扬声器、中频扬声器都悄悄地打开了自己。

---

① 《约瑟夫与神奇彩衣》(*Joseph and the Amazing Technicolor Dreamcoat*)和《福音》(*Godspell*):均是著名宗教题材音乐剧的名字。——译者

所有的铁皮罐头、垃圾箱、窗户、汽车、葡萄酒杯、生锈的金属板也都被声波激活，变成完美的共振板。

地球在消亡之前，首先被改造成了最终极的声音重放装置，有史以来最巨大的广播系统。然而它播放的不是演唱会，不是音乐，也不是开场号曲，仅仅是一条简短的信息。

"地球人请注意。"一个声音说，这个声音太完美了，完美得像是用四声道系统①播放的，失真度低得能让勇士洒泪。

"这里是银河超空间规划委员会的普洛斯泰特尼克·沃贡·杰尔茨，"那个声音继续说道，"毫无疑问，你们已经知道了，银河系边远地区的开发规划要求建造一条穿过贵恒星系的超空间快速通道，令人遗憾的是，贵行星属于计划中预定摧毁的星球之一。摧毁将在略少于贵地球时间两分钟后开始。谢谢合作。"

播音就此结束。

无以名状的恐惧笼罩了地球上观望事态进展的人们。恐惧在聚集起来的人群中间缓慢扩散，人群就像木板上的铁屑，而磁铁正在木板底下移动。恐慌再次爆发，人们拼命想逃离恐慌，但又能逃到哪儿去呢？

看到这样的情形，沃贡人再次打开播音系统。那个声

---

① 四声道系统（quadraphonic）：音箱放置于听音空间的四角，再生各自独立的信号，也即4.0系统，在本书写成的1979年是最早推向家用的先进的环绕立体声解决方案之一。——译者

音说：

"没有必要表现得这么惊讶吧？所有的规划图和拆除令已经在半人马座阿尔法星上贵星所属的规划部门公示了五十贵地球年，你们有足够的时间正式提出申诉，因此现在开始大惊小怪已经来不及了。"

播音系统再次沉默下去，回音在地表袅袅回荡。巨大的飞船在空中缓缓转向，动作既轻松又威严。飞船底部的舱口纷纷打开，露出一个个方形的黑窟窿。

这时，地球上大概有谁打开无线电发射机，找到某个波长，也向沃贡飞船发送了一条消息，代表整颗星球恳求他们手下留情。其他人都没听见他们说了什么，只听到了沃贡人的回答。播音系统再次打开。那个声音恼火地说：

"你这话是什么意思？你们从没去过半人马座阿尔法星？老天在上，人类啊，仅仅四光年而已。我很抱歉，但要是你们懒得注意地方事务，那就只能怪自己太短视了。"

"启动毁灭光束。"光束从舱口倾泻而出。"去他妈的，"播音系统里的声音说，"可悲的倒霉星球。我一点也不同情他们。"声音被切断了。

一阵恐怖的可怕寂静。

一阵恐怖的可怕噪音。

一阵恐怖的可怕寂静。

沃贡建筑舰队慢悠悠地滑进繁星点缀的漆黑虚空。

4

非常遥远的地方，银河悬臂的另外一端，太阳系五十万光年之外，银河帝国政府的总统赞法德·毕博布鲁克斯正在飞速穿越达莫格兰的海洋；达莫格兰的主星照耀下，离子引擎驱动的三角翼快艇明灭闪烁，熠熠生辉。

炎热的达莫格兰，偏僻的达莫格兰，几乎没人听说过的达莫格兰。

达莫格兰，黄金之心号的秘密家园。

快艇加速掠过水面。要抵达目的地还需要相当长的时间，这是因为达莫格兰的地貌分布实在让人讨厌。这颗行星上只有一个个荒漠岛屿，被美丽但宽阔得让人厌烦的海洋隔开，岛屿的尺寸从中等到巨大，林林总总各不相同。

快艇继续飞驰。

糟糕的地形使得达莫格兰始终保持了荒漠星球的身份，因此银河帝国政府才会选择达莫格兰作为"黄金之心"计划的实施地点：达莫格兰是那么荒凉，而"黄金之心"计划又是那么秘密。

快艇以之字形路线在海面上跳跃,整个星球只有一片在面积上来说可资利用的群岛,现在这块海域就位于这片群岛的主要岛屿之间。赞法德·毕博布鲁克斯正在从复活节岛(这个名字完全是个毫无深意的巧合,在银河通用语中,"复活节"意为小、平坦和浅棕色)的微型太空港赶往黄金之心号所在的岛屿,由于另一个毫无深意的巧合,这个岛名叫法兰西。

"黄金之心"计划的诸多副作用之一便是催生了一连串毫无深意的巧合。

然而,今天——这项计划达到巅峰的伟大日子,幕布终于将被揭开,黄金之心号要在今天向必将因此而震惊的银河系亮相——同时也是赞法德·毕博布鲁克斯的个人生涯攀至顶峰的伟大日子,这却从任何方面讲都不是巧合。回想当初,他决定参选总统就是为了今天,那个决定曾经掀起过惊诧的震荡波,扫遍了整个银河帝国。赞法德·毕博布鲁克斯?总统?不会是那个赞法德·毕博布鲁克斯吧?不会是我们的总统吧?很多人将其视为所有已知智慧生命终于集体彻底发疯的铁证。

赞法德咧嘴一笑,继续加大发动机的输出功率。

赞法德·毕博布鲁克斯,冒险家,前嬉皮士,享乐主义者(骗子手?很有可能),自大狂,人际关系极为糟糕,言行举止永远怪异莫名。

总统？

谁也没有发疯，至少没往那个方向发疯。

全银河系只有六个人理解管理银河系的准则，他们很清楚，赞法德·毕博布鲁克斯一旦宣布有意竞选总统，他的当选基本上就是既成事实了：这家伙是个再理想不过的总统坏子①。

他们没能完全理解的关键是赞法德为什么要竞选总统。

他猛然转弯，朝着太阳狂野地掀起一道水墙。

---

① 总统：全称"银河帝国政府总统"。
尽管与时代格格不入，但"帝国"一词仍保留至今。世袭帝王濒临死亡已有许多个世纪之久。他在临终昏迷的最后时刻被闭锁进了静止场，将他保存在永远不变的状态之中。他的所有继承人均已亡故多年，这意味着在没有任何政治剧变的情况下，权力就这样轻而易举且行之有效地下放了一两级台阶，此刻似乎落在了原先仅仅充当帝王顾问的政体手上——这是一个经选举产生的政府，其首领是这个政府选举出来的总统，然而事实上，权力并没有落在总统手上。
所谓总统大体而言只是一个名义领袖，他不拥有任何实权。表面上他由政府选出，但需要他展示的特质却与领导能力无关，只和经过精心算计的公然违法有关。因此，总统人选必须能够引发争议，个性上既能激怒公众同时又深具魅力。他的工作不是有效地行使权力，而是把公众的注意力从权力上引开。就这些标准而言，赞法德·毕博布鲁克斯恐怕称得上银河系历史上最成功的总统了——任期有十年，他已经因为欺诈在监狱中度过了两年。只有极少数人意识到，总统和政府实际上没有任何实权。在这些人之中，知晓政治权力最终归向何方的仅有六人而已。剩下的人私下里相信最终决策流程由一台电脑掌控。他们错得实在太离谱了。

今天,就是今天;今天,他们终将明白赞法德究竟一直在盘算什么了。今天,赞法德·毕博布鲁克斯竞选总统就是为了今天。今天同时也是他的两百岁生日,然而这仅仅是另外一个毫无深意的巧合。

他驾驶快艇掠过达莫格兰的海洋,在心中笑道:这会是多么美妙、多么激动人心的一天啊。他放松身体,让两条手臂懒洋洋地搁在座椅靠背上,用最近安装的第三条手臂掌舵,这条手臂装在右臂底下,目的是为了提升滑雪拳击能力。

"嘿,"他愉快地对自己说,"你小子真够酷的,没错,就是你。"但他的神经系统咏唱的歌曲却比犬笛声还要尖利。

法兰西岛状如新月,长约二十英里,中央部位宽约五英里,由沙砾覆盖。说实话,就其本意而言,这地方并不愿被视为一座岛屿,而只想昭告世人所谓大型海湾应当如何蜿蜒弯曲。新月形的内侧湾岸悉数由陡峭的悬崖构成,这个事实更是加深了上述印象。从悬崖顶端开始,地势朝另外一侧的海岸缓缓下降,延伸了足有五英里。

悬崖顶端站立着一个欢迎委员会。

委员会的绝大部分成员是建造黄金之心号的工程师和研究员——多数是人形生物,但也有几个貌如爬虫的原子建造师、两三个绿色气精状的至高超银河学家、一两个八足外形的自然结构论主义者和一个胡噜窝(胡噜窝是拥有一种超级智慧的蓝色薄膜)。除了胡噜窝,所有成员都穿着五颜六色的礼仪用实验室外袍,一个个显得光彩照人。为了参加仪式,胡噜窝暂时曲折成了可自行站立的棱镜。

他们心中洋溢着难以描述的兴奋之情,激动得不能自制。他们勠力同心,达到并超越了物理定律最遥远的边界,重建了物质的基本结构,拉紧、扭曲并折断了可能与不可能的法则,然而最让他们兴奋的似乎却是即将见到一位脖子上缠着橙色绶带的先生(橙色绶带是银河总统的传统饰物)。就算他们知道银河总统实际上掌握着多少权力(实际上:根本没有),情况恐怕也不会有什么区别。全银河系只有六个人清楚,银河系总统的职责不是为了行使权力,而是引开民众对于权力的关注。

赞法德·毕博布鲁克斯非常擅长这份工作。

总统的快艇呼啸着绕过海岬,拐进峡湾,阳光和他高超的驾驶水平看得观礼人群头晕目眩,大呼小叫。快艇掠过海面,滑行着转了一大圈,船体在阳光下明灭闪烁,熠熠生辉。

快艇其实并不需要接触水面,因为有一团电离原子在朦朦胧胧地承托船体,然而船底又安装了可以插进水里的细薄鳍状叶片,但只是为了吸引眼球而已。快艇急冲过峡湾,叶片把成片的海水嘶嘶地打到半空中,船尾在海面上犁出深沟,海水发狂般地荡开,随即填回原处,激起团团泡沫。

赞法德热爱吸引眼球:这是他最擅长的事情。

他使劲一扭舵轮,快艇在崖壁前猛然回转,来了个直角侧滑，最终轻轻地停在了起伏不定的波浪上。

几秒钟后，他冲出船舱，站上甲板，向三十亿人民挥手微笑。三十亿人民其实并不在场，而是在通过小型三维摄像机器人的眼睛欣赏他的一举一动，这台机器人正奴颜婢膝地在附近空中盘旋。总统大人的奇言异行的三维影像极受欢迎：他的举动就是为此而生的。

他再次咧嘴微笑。三十亿零六个人还不知道，今天他们将会见证超乎想象的奇言异行。

摄像机器人拉近镜头，给了他两个脑袋里更受欢迎的那个一个特写，而他再次挥动手臂。他长得和人类差不多，只是多了一个脑袋和一条胳膊。他凌乱的金色头发朝着各个方向胡乱支棱，蓝眼睛里闪着某些完全无法辨识的神色，两个下巴几乎从来没刮干净过。

一个二十英尺高的半透明球体漂浮在快艇旁的水里，时而翻滚，时而蹦跳，在炫目的阳光下闪闪发亮。球体里悬浮着一张宽大的半圆形沙发，沙发蒙的是最漂亮的红色皮革；球体越是蹦跳，越是翻滚，沙发就越是保持绝对静止，安稳得就像一块蒙皮的石头。当然了，这一切也是为了吸引眼球而存在的。

赞法德穿过球体的外壁，在沙发上舒展身体，在靠背上摊开双臂，用第三条胳膊掸了掸膝盖上的灰尘。两个脑袋环顾四周，绽放微笑；他跷起双脚，觉得自己随时都有可能开始尖叫。

球体下的海水开始沸腾，搅动、喷涌。球体冲天而起，在喷出的水柱上蹦跳、翻滚。球体一直上升，把高跷般的光柱投向崖壁。球体飞离喷射的水柱，海水颓然下坠，砸向几百英尺之下的海面。

赞法德粲然微笑，想象自己的英姿。

这个交通方式固然荒唐得不可思议，同时也壮美得不可思议。

球体在悬崖顶端摇摆片刻，落在铺轨道的斜坡上，滚向凹面的小平台，最终陡然停下。

赞法德·毕博布鲁克斯迎着如雷的掌声走出球体，橙色绶带在阳光中闪耀光辉。

银河总统驾到。

他等待掌声渐渐平息，然后举手致意。

"嗨。"他说。

一只政府蜘蛛侧身走到他旁边，想把准备好的发言稿塞给他。发言稿原始版本的第三到第七页此刻正湿漉漉地漂在海湾外五英里的达莫格兰海面上。一只达莫格兰叶冠鹰捡走了前两页，用来修筑它发明的超级新式鸟巢。这个新巢主要由混凝纸浆筑成，刚孵出来的小鹰无论如何也不可能破巢而出。达莫格兰叶冠鹰听说过物种存续这么一个概念，却没有与之保持一致的想法。

赞法德·毕博布鲁克斯不需要事先写好的讲稿，于是轻轻推开了蜘蛛递给他的这份东西。

"嗨。"他再次说道。

所有人——更确切地说，差不多所有人——都对他露出灿烂的笑容。他在人群中找到了翠莉安。翠莉安是赞法德最近在造访一颗星球时捎带上的，他去那儿只是为了隐姓埋名地找点乐子。翠莉安身材苗条，皮肤黝黑，人形外表，披着黑色的波浪长发，嘴唇丰满，有个怪可爱的小圆鼻子，眼睛的棕色棕得不可思议。她那条红色头巾特别的打结方式，加上随风飘拂的棕色丝绸长裙，使得她隐约有点像阿拉伯人。当然了，这儿没人听说过什么是阿拉伯人。阿拉伯人就算还存在，也生活在达莫格兰的五十万光年之外。翠莉安没有任何特殊身份，至少赞法德是这么说的。翠莉安只是陪着他到处转悠，把她对赞法德的看法告诉他。

"嗨，宝贝。"赞法德对她说。

她朝赞法德紧张地笑了笑，随即转开视线。然后，她又转了回来，笑容变得更加温暖——但赞法德已经在看别的东西了。

"嗨。"他对一小群为媒体工作的生物说，它们站在一旁，希望他能别再嗨来嗨去的，而是说两句妙语听听。他特地朝它们笑了笑，因为他很清楚，用不了多久，他就要送给它们一句最带劲的妙语了。

达莫格兰的科学家们

不过，总统接下来说的话对他们依然毫无用处。欢迎委员会的一名官员生气了，认为总统显然没有兴趣宣读他为他写的那份措辞优美的演讲稿，于是把手伸进衣袋，按下遥控装置的开关。前方一段距离之外，巨大的白色穹顶高高地向天空隆起。随着他按下开关，穹顶中间裂开一条缝隙，缝隙渐渐扩大，穹顶则慢慢地折叠起来落向地面。人们看得屏住了呼吸，尽管每个人都知道这一幕会如何上演，因为把它造成这样的正是他们。

穹顶落下，一艘巨大的飞船赫然出现，它长一百五十米，形状仿佛流线型的跑鞋，白得无比纯粹，美得超乎想象。飞船的心脏部位，外面看不见的地方，放着一个小小的黄金盒子，里面是智慧生物有史以来构思出的最难以理解的装置，正是这个装置使得这艘船成为银河历史上最独一无二的飞船，就连飞船的名字也来自这个装置——"黄金之心"。

"哇噢。"赞法德·毕博布鲁克斯对黄金之心号说。他说不出其他的话了。

他重复一遍，因为他知道这么做会激怒媒体。"哇噢。"

人群期待地转回来望着他。他朝翠莉安使个眼色，翠莉安朝他挑挑眉毛，瞪大眼睛。她知道总统接下来会说什么，觉得这家伙真是太爱出风头了。

"这玩意儿真的很惊人，"他说，"这玩意儿确实真的很惊人。这玩意儿真的惊人地惊人，我看我都想把它偷走了。"

多么了不起的总统妙语,完全符合他一贯的风格。人群发出赞赏的笑声,记者愉快地敲打亚以太新闻仪的按钮,总统咧嘴一笑。

就在他咧开嘴的时候,他的心不堪忍受,扯开嗓子尖叫起来,他的手指在抚摸静悄悄地躺在口袋里的致瘫炸弹。

最后,他终于再也忍不住了。他抬起两个脑袋,对着天空用大三度音程狂吼一声,掏出炸弹摔在地上,向前冲过忽然凝固的笑容构成的海洋。

5

普洛斯泰特尼克·沃贡·杰尔茨的模样实在称不上赏心悦目，即便在其他沃贡人眼中也一样。他半球形的鼻子高高隆起，超出了小猪般的狭窄前额，他墨绿色的皮肤质地堪比橡皮，厚得不但能让他参与沃贡行政机构内部的政治游戏，而且还玩得很好，不但如此，皮肤的防水能力也非常好，足以让他在深达一千英尺的海底活得逍遥自在，毫无不适之感。

当然了，这并不是说他游过泳。他的时间表排得太满，不可能允许他去做这种事。他之所以是这么一个模样，都要怪几十亿年前，沃贡人刚刚爬出沃格星黏稠的原始海洋，趴在尚未被玷污的海岸上，忙着一边喘息一边呕吐的时候……这天早晨，沃格星系明亮的年轻主星把第一缕阳光照在他们身上的时候，进化的力量似乎立刻厌恶地转开了脸，把他们当作一个丑陋而不幸的错误，就在当时当地抛弃了他们。他们永远不会进化了：他们不该继续存活。

他们存活至今的事实只能归功于这种生物痴狂而愚妄的

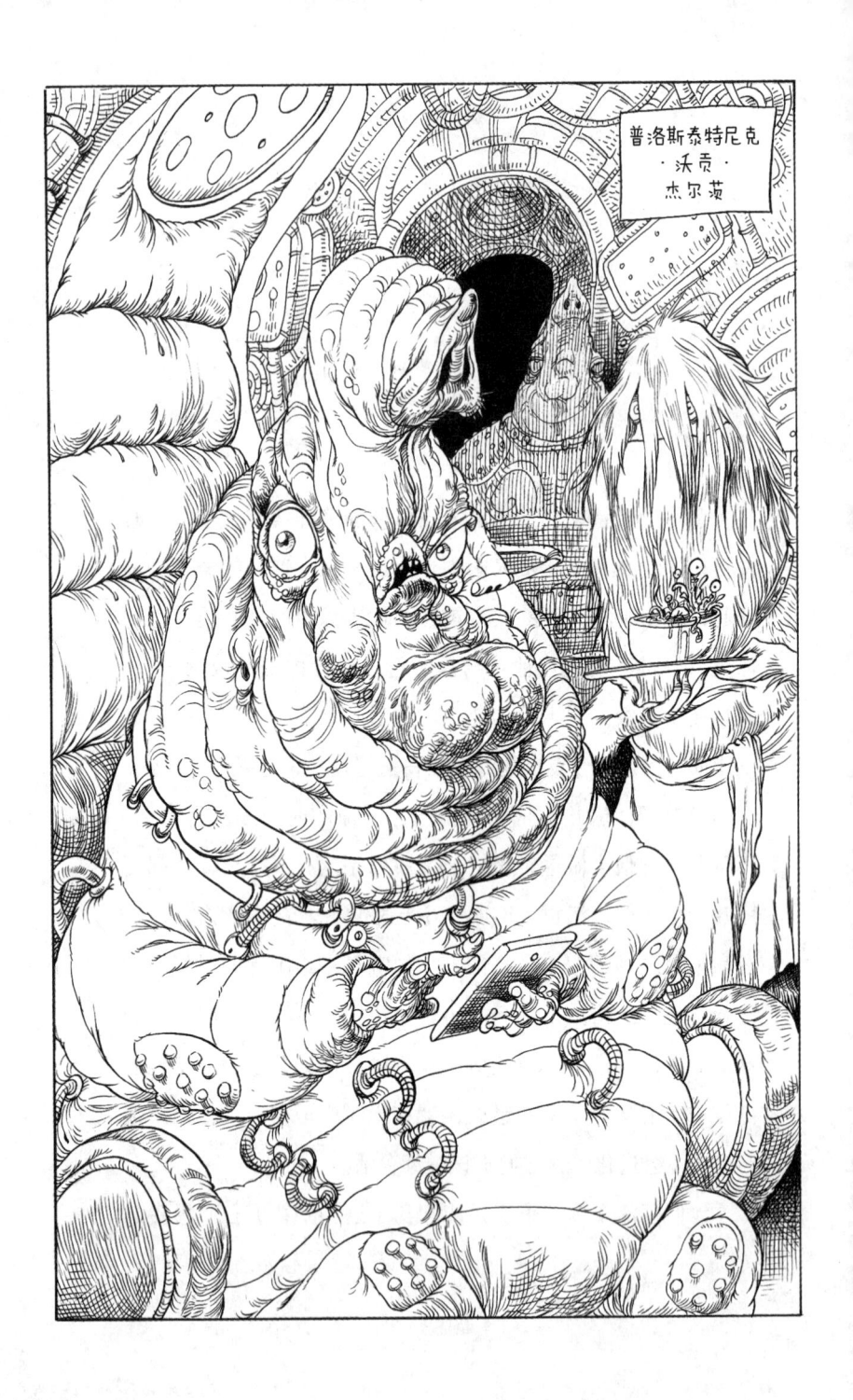

普洛斯泰特尼克
·沃贡·
杰尔兹

固执。进化？他们对自己说，谁需要那东西？大自然拒绝为他们做的事情，他们就当不存在，直到他们能够用外科手术去除解剖学意义上的种种不便为止。

而另一方面，沃格星的自然力量在加班加点工作，弥补它们最初的失误。大自然奉上散发宝石光彩的疾跑蟹，沃贡人用铁棒槌砸烂蟹壳吃蟹肉；大自然奉上身姿和色彩都美得惊人的挺拔树木，沃贡人把树伐倒，用来煮蟹肉；大自然奉上类似于瞪羚的优雅动物，毛皮如丝绸，眼睛如露珠，沃贡人抓住后一屁股坐上去。这种动物的背脊一坐就断，无法充当交通工具，但沃贡人反正就是要坐。

沃格星就这么度过了不快乐的千万年时光，直到沃贡人忽然发现了星际旅行的原理。没过几个短短的沃格年，最后一个沃贡人也移民去了超布兰蒂斯星团，那里是银河系的政治枢纽，在这个时代已经搭建起了银河行政机构的强大骨架。沃贡人想方设法学习知识，尽量过得体面和优雅，然而在绝大多数方面，现代沃贡人与其原始祖先依然没有什么区别。他们每年从母星进口两万七千只散发宝石光泽的疾跑蟹，然后用铁棒槌把它们砸成碎片，度过一个快乐的饮宴之夜。

普洛斯泰特尼克·沃贡·杰尔茨从里到外都是个卑鄙之徒，因此是个颇为典型的沃贡人。另外，他讨厌搭车客。

普洛斯泰特尼克·沃贡·杰尔茨舰队旗舰的内脏深处埋藏着一个黑洞洞的小船舱，船舱里有人战战兢兢地点燃了一根小火柴。火柴的主人不是沃贡人，但他对沃贡人知根知底，因此有理由精神紧张。他名叫福特·大老爷①。

他环顾这个船舱，但几乎什么都看不清。小火苗闪烁之间，形状古怪的巨大阴影隐然跃动，但周围安静极了。他暗暗地对丹特拉斯人道了声谢。丹特拉斯人是一个无拘无束的美食家部族，生性狂野但讨人喜欢，沃贡人最近雇佣他们在远航舰队上负责供应膳食，前提是严格的不成文规定：丹特拉斯人必须与沃贡人保持距离。

这当然完全符合丹特拉斯人的心意，他们喜欢沃贡人的

---

① 福特·大老爷的本名只能用一种晦涩的参宿四方言才能念出来，然而这种方言事实上已经灭绝了，这是因为银河恒星历03758年的呼隆坍缩大灾变扫灭了参宿七上所有古老的参宿星人社群。福特的父亲是整个星球上唯一逃过银河系坍缩大灾变的人，这其中难以置信的巧合是他始终无法完全解释清楚的。坍缩的前后经过笼罩在层层迷雾之中：事实上没人知道呼隆是什么，也没人知道呼隆为什么非要选择在参宿七上坍缩。福特的父亲心胸开阔，信手拨开不可避免地落在他身上的怀疑眼光，来到参宿五定居，养育并教导福特长大；为了纪念他业已灭亡的种族，他用古老的参宿星方言给福特取了教名。

由于福特一直没能学会念出自己的本名，他的父亲最终死于羞愧——在银河系的某些地区，羞愧依然是一种致命疾病。学校里的其他孩子给他起外号叫"ix"，翻译成参宿五的语言意思是"不能令人满意地解释呼隆是什么，也不能说清呼隆为什么非要选择在参宿七上坍缩的男孩"。

钱,那是宇宙间最硬的硬通货之一,但厌恶沃贡人本身。对于丹特拉斯人来说,他们唯一乐于见到的沃贡人就是被惹恼的沃贡人。

正是因为这一丁点小小的情报,福特·大老爷才没有变成一团氧气、臭氧和一氧化碳。

他听见有人轻声呻吟。借着光,他看到地上有个笨拙的黑影在微微移动。他飞快地熄灭火柴,把手伸进口袋,在里面找到他要找的东西,掏出来。他撕开那件东西,摇了几下。他蹲下。黑影又动了动。

福特·大老爷说:"我带了花生。"

亚瑟·邓特动了动,又呻吟一声,语无伦次地嘟囔着什么。

"来,吃点花生,"福特催促道,又摇了摇包装袋,"要是你从来没被物质传送光束传送过,这次很可能会失去大量盐分和蛋白质。先前喝的啤酒能给你的生理系统稍微做个缓冲。"

"哇——啊——"亚瑟·邓特说着睁开了眼睛。

"很暗。"他说。

"对,"福特·大老爷说,"是很暗。"

"没有光,"亚瑟·邓特说,"很暗,没有光。"

福特·大老爷一直搞不明白几件事,其中之一是人类为什么喜欢反复陈诉最最显而易见的事实,比方说"天气可真好啊",或者"你个子可真高啊",或者"噢,天哪,你看起来像是掉进了三十英尺深的井里，你还好吧"。刚开始的时候，福特推导出一个理论，用来解释这种奇特的行为。他认为，人类一旦停止锻炼嘴唇，他们的嘴部就会自动封闭。经过几个月的思考和观察，他放弃了这个理论，转而接受一套新的解释。他认为，人类一旦停止锻炼嘴唇，他们的大脑就会开始运转。又过了一段时间，他同样放弃了这个理论，因为这样的解释过于愤世嫉俗，阻碍了他的思路。另一方面，尽管他自认挺喜欢人类，但一直在为人类深深地担忧，因为他们不知道的事情实在太多了。

"对，"他附和道，"没有光。"他喂亚瑟吃花生。"感觉怎么样？"他问亚瑟。

"就像工厂，"亚瑟答道，"全身的零件在挨个退休。"

福特在黑暗中呆呆地看着他。

"要是我问咱们到底在哪儿，"亚瑟虚弱地问，"你说我会不会后悔？"

福特站起来。"我们很安全。"他说。

"喔，好极了。"亚瑟说。

"这是一间小厨房，"福特说，"在沃贡建筑舰队的一艘飞船上。"

"呃，"亚瑟说，"那我可真是孤陋寡闻了，'安全'这个词原来还有这么奇怪的用法。"

福特又点了一根火柴，借着火光寻找电灯开关。形状奇特的巨大阴影再次开始隐然跃动。亚瑟挣扎着站起身,胆战心惊地抱住自己的身体。可怖的怪异形体像是聚拢在他四周,空气里弥漫着浓烈的霉味,未经自我介绍就径直钻进他的肺部,低沉的恼人嗡嗡声在阻止他的大脑集中精神。

"我们是怎么来的?"他问,身体微微颤抖。

"咱们搭了一程。"福特说。

"不好意思,"亚瑟说,"你难道是想说,咱们竖起大拇指,就有长着虫子眼睛的绿色怪物把脑袋从车里探出来说:'嘿,兄弟们,快上来,我可以把你们带到贝辛斯托克①的环形路口?'"

"呃,"福特答道,"'大拇指'是一台亚以太电子发讯装置,所谓的'环形路口'在六光年外的巴纳德星②。除此之外,你说的差不多都对。"

"虫子眼睛的怪物也对?"

"没错,而且还是绿颜色的。"

"很好,"亚瑟说,"我什么时候能回家?"

"回不去了。"福特·大老爷说,他终于摸到了开关。

"捂住眼睛……"他说着开了灯。

---

① 贝辛斯托克(Basingstoke):英格兰中南部的自治市镇,位于伦敦西南偏西的北部高地。——译者
② 巴纳德星(Barnard's Star):一颗质量非常低的红矮星,是除半人马座比邻星以外,离地球最近的恒星。——译者

连福特都大吃一惊。

"我的天,"亚瑟说,"我们难道真在飞碟的肚子里?"

普洛斯泰特尼克·沃贡·杰尔茨挪动他令人不快的绿色身躯,绕着控制舰桥兜了一圈。每次摧毁完人口稠密的行星,他总会隐约有些生气。他希望有人能来告诉他这件事完全做错了,这样他就可以朝着来者大吼大叫了,而心情就会随之变好。他能有多重就有多重地一屁股坐进控制座椅,希望座椅突然散架,这样他就有理由大发雷霆了,然而座椅只肯用一阵吱吱嘎嘎声表示抱怨。

一个年轻的沃贡卫兵刚好走进舰桥,他大吼一声"滚开!"卫兵立刻消失在他的视线之外,不禁松了一口气。卫兵觉得庆幸,因为现在不用他来呈上飞船刚刚收到的通知了。这是一份官方声明,称达莫格兰的政府研究基地正在发布一种划时代的新式飞船引擎,从今往后,所有的超空间快速通道都变得不是非建不可了。

另一扇门打开了,沃贡船长这次没有大吼大叫,因为这扇门通往厨房,丹特拉斯人在那里为他准备膳食。没有什么比饱餐一顿更值得期待了。

一个毛茸茸的巨大动物生物捧着餐盘,蹦蹦跳跳地走进门。它咧着大嘴,笑得像个变态。

普洛斯泰特尼克·沃贡·杰尔茨顿时高兴了。他知道只要丹特拉斯人高兴成这个德性，船上就肯定在发生会让他大发雷霆的事情。

福特和亚瑟瞪着眼睛扫视四周。

"好吧，你怎么看？"福特说。

"有点脏，你说呢？"

福特皱着眉头打量污秽的床垫和没洗过的杯子，难以分辨的外星人内衣在散发臭味，逼仄的船舱里，这些东西扔得到处都是。

"好吧，你要知道，这毕竟是一艘施工船，"福特说，"这是丹特拉斯人的卧舱。"

"你不是说他们叫沃贡人吗？"

"没错，"福特答道，"沃贡人掌控飞船，丹特拉斯人是厨师，放咱们上船的是丹特拉斯人。"

"我没听懂。"亚瑟说。

"来，你看这个。"福特说。他找了张床垫坐下，开始在挎包里找东西。亚瑟紧张地戳了戳床垫，也跟着坐下。其实他没什么好紧张的，因为这些床垫都在斯库恩谢勒斯截塔星的沼泽地长大，必须彻底杀死并晾干才会投入使用。能起死回生的床垫少之又少。

福特掏出那本书递给亚瑟。

"这是什么？"亚瑟问。

"《银河系搭车客指南》。是某种电子书。它能告诉你你需要了解的任何事情。这就是它的工作。"

亚瑟紧张地翻来覆去研究这本书。

"我喜欢这个封套，"他说，"'别慌。'这是今天我第一次听到有帮助或是我能听懂的话。"

"我教你怎么用。"福特说。亚瑟捏着它的姿势就像捏着一只死了两个星期的百灵鸟，福特一把抢过来，把书从封套里抽出来。

"按这个按钮，看见了吗？屏幕就会点亮，显示索引。"

大约三英寸宽四英寸高的屏幕点亮了，各种字符在上面闪烁。

"你想了解沃贡人，那就输入这个名字。"他又按了几个按键。"然后就有了。"

"沃贡施工舰队"这几个绿色文字闪现在屏幕上。

福特按了一下屏幕底下的红色大按钮，字词像波浪似的滚过屏幕。与此同时，书开始用平静而有韵律的声音朗诵这个条目。书这么说：

　　沃贡施工舰队。假如你想让沃贡人搭你一程，请接受我的忠告：忘记这个念头吧。他们是全银河系最令人不愉快的种族——虽说不是特别邪恶，但脾气糟糕得可怕，官僚习气浓厚，专横而冷酷。即便是为了从特拉尔星球的贪婪虫叨叨兽口中救出自家祖母，要是没有一式三份签署过的命令书,并经历递上去、退回来、受质询、弄丢、寻获、接受公众质询、再次弄丢、最终在软泥炭里埋放三个月和回收用作引火物的整套流程,他们也还是连哪怕一根手指头都不肯动一下。

要是你想让沃贡人请你喝一杯,最好的办法是把你的手指头插进他的喉咙。要是你想让沃贡人生气,最好的办法是拿他的祖母去喂特拉尔星球的贪婪虫叨叨兽。

千万记住,绝对不能让沃贡人念诗给你听。

亚瑟惊讶地看着这本书。

"多么奇怪的书啊。所以咱们是怎么搭上顺风船的?"

"问得好,这个条目已经过时了。"福特把书塞回封套里。"我正在为新的修订版做田野调查,到时候必须提一句沃贡人现在雇用了丹特拉斯人当厨子,这等于送了我们这种人一个相当有用的漏洞。"

痛苦的表情从亚瑟的脸上闪过。"可是,丹特拉斯人又是谁呢?"他说。

"了不起的好人,"福特说,"他们是最好的厨子,最好的调酒师,对其他事情连个湿巴掌都懒得甩。他们总是帮助搭车客上船,部分是因为他们喜欢有人做伴,但主要是因为这样能惹恼沃贡人。身为一名穷游者,要是既想每天花销不超过三十牵牛星元又想饱览宇宙胜景,就必须记住这种小细节。另外,这正是我的工作。很好玩,对吧?"

亚瑟一脸茫然。

"真有意思。"他说,皱起眉头盯着另一张床垫。

"很不幸,我搁浅在地球上,我本来没打算待这么久的,"福特说,"来的时候以为是一个星期,结果一困就是十五年。"

"但你是怎么来的呢?"

"很简单,有个逗弄狂载了我一程。"

"逗弄狂?"

"是啊。"

"呃,那又是什么……"

"逗弄狂?通常是有钱人家的孩子,闲得没事做,到处跑来跑去,寻找还没做过星际接触的星球,然后嗡嗡他们。"

"嗡嗡他们?"亚瑟不禁觉得他过得越是不痛快,福特就越是乐在其中。

"没错,"福特答道,"嗡嗡他们。找个附近没什么人的荒凉地点,然后看准一个倒霉的老实人——只可惜以后再也不会有人相信他了——就直直地降落在他面前,顶着傻乎乎的天线爬高摸低,发出哔哔哔的怪声。真的非常幼稚。"福特往床垫上一躺,双手枕着脑袋,悠然自得得让人生气。

"福特,"亚瑟追问道,"我这么问也许有点傻,但我为什么会在这儿呢?"

"咦,你知道的,"福特说。"我把你从地球上救走了。"

"所以地球怎么了?"

"哦,被摧毁了。"

"被摧毁了?"亚瑟呆呆地说。

"对,蒸发成太空气体了。"

"哎,"亚瑟说,"这事情让我有点生气。"

福特皱起眉头,像是在琢磨这个念头。

"嗯,我能理解。"他最后说。

"能理解?!"亚瑟叫道,"能理解?!"

福特一跃而起。

"继续看那本书!"他急切地低声说。

"什么?"

"别慌。"

"我没慌!"

"不,你很慌。"

"好吧,我确实很慌,否则还能怎么样?"

"跟我走,享受美好时光。银河系有很多乐子。你需要往耳朵里放条鱼。"

"你说什么?"亚瑟问,他觉得他算是很有礼貌了。

福特举起一个小玻璃罐,他能清楚地看见一条黄色小鱼在里面扭来扭去。亚瑟疑惑地望向福特。他只希望能有些更容易理解的熟悉东西能让他亲近一下。除了丹特拉斯人的内衣裤、斯库恩谢勒斯截塔星的床垫、参宿四来客举着黄色小鱼说要放进他的耳朵，只要能看见哪怕一小袋脆玉米片，他就能产生安全感。然而他没有看见脆玉米片，安全感也自然无从谈起了。

一个暴虐的叫声突然扑向他们，他一时间无法辨别声音的来源。他吓得大惊失色，这个声音听上去就像一个人在漱口的同时与狼群殊死搏斗。

"嘘！"福特说，"快听，多半很重要。"

"重……重要？"

"这是沃贡人的船长在舰内广播上发表声明。"

"什么？这是沃贡人在说话？"

"你听！"

"但我不会说沃贡话！"

"不需要会。把鱼放进你的耳朵。"

福特的动作快如闪电，他一巴掌拍在亚瑟的耳朵上，小鱼扭动着钻进亚瑟的耳道深处，突如其来的怪异触感让他觉得非常恶心。他惊恐地抠了一两秒钟耳朵，随即讶异地慢慢瞪大双眼。他在听觉上所体验到的，要是用视觉打个比方，就像一幅画里有两张黑乎乎的剪影脸，一转眼却变成了描绘白色烛台的作品。又或者是你正望着一张纸上的许多个彩色小点，这些小点突然自己拼出一个数字"6"，这说明眼镜师傅要收你好大一笔钱，帮你换副新眼镜了。

毋庸置疑，他在听的依然是嚎叫加漱口声，但不知怎的，这些怪声披上英语的外衣，他忽然能听懂了。

以下是他所听见的……

## 6

"嚎嚎咕噜嚎咕噜嚎嚎嚎咕噜嚎咕噜嚎嚎咕噜咕噜嚎咕噜咕噜咕噜嚎喷喷呕呕呕咳享受美好时光。重复一遍。这里是你们的船长在讲话,因此请停下手里的事情,注意听好了。首先,我从仪器上得知,有两名搭车客登上了本船。无论你们在哪里,你们好。有件事情咱们要说清楚,你们彻底不受欢迎。我辛辛苦苦这么多年,这才坐上今天的位置,而我当上一艘沃贡施工飞船的船长,可不是为了把飞船变成计程车,伺候一群不要脸的寄生虫。我已经派出搜寻小队,等他们找到二位,我就要把你们丢下船。要是你们运气好,我打算先读几段本人的诗给你们听。

"其次,我们即将跃入超空间,航向巴纳德星。抵达目的地后,我们将靠港整修七十二小时,在此期间,禁止任何人离开本船。重复一遍,取消所有下船休假的安排。我刚刚经历了一场很不愉快的爱情事件,因此见不得别人过得开心。播报结束。"

喧闹的噪音终于停止。

亚瑟尴尬地发现自己在地上蜷缩成一小团,两条胳膊紧紧护住脑袋。他无力地笑了笑。

"多么迷人的一位绅士,"他说,"真希望我有个女儿,好让我禁止她嫁给……"

"不需要禁止,"福特说,"他们的性魅力都比不上交通事故现场。"他看见亚瑟开始舒展身体,连忙又说:"等一等,先别动,你最好为跃入超空间做个准备。这事情比喝醉酒还讨厌。"

"喝醉酒有什么讨厌的?"

"你会要水喝。"

亚瑟思考他的话。

"福特。"他说。

"什么?"

"鱼在我耳朵里干什么?"

"翻译。这是巴别鱼。要是有兴趣,就去书里查。"

他把《银河系搭车客指南》扔给亚瑟,像胎儿似的蜷成一团,准备迎接跃迁。

就在这时,亚瑟的意识像是突然脱了底。

他的眼睛内外翻转,两脚从头顶往外蹿。

房间在他周围展开摊平,旋转着移出了物理实在,扔下他滑进他自己的肚脐眼。

他们正在穿越超空间。

"巴别鱼,"《银河系搭车客指南》平静地说,"很小,呈黄色,状如水蛭,很可能是宇宙间最奇怪的东西。巴别鱼靠脑电波的能量为生,但所需脑电波并非来自其寄主,而是来自寄主周围的生命。巴别鱼从脑电波能量中吸收所有的潜意识精神波频率,转化为维持生命的营养,随后把脑电波中有意识的思想频率与收集自寄主语言中枢的神经信号结合起来,以心电感应基模的形式排泄进寄主的意识。上述过程的实质结果就是:把巴别鱼塞进耳朵,你就能立刻听懂任何物体以任何语言形式向你表述的意思。巴别鱼喂入你意识的脑波基模经过译解,就是你实际听见的语音模式。

"巴别鱼好用得令人瞠目结舌,而它仅仅是偶然演化的产物,一些思想家认为这个匪夷所思的巧合确凿而决定性地证明了上帝并不存在。

"论证大致如此:'我拒绝证明我存在,'上帝说,'因为证明否定了信仰,而没有信仰我就什么都不是了。'

"'但是,'人类说,'巴别鱼彻底泄露了秘密,对吧?它不可能是偶然演化出来的。巴别鱼证明了你存在,因此,按照你的说法,你并不存在。证毕。'

"'该死,'上帝说,'我怎么没想到。'然后就消失在逻辑的烟雾之中。

"'哎呀,这可太容易了。'人类说,作为余兴节目,他又证明了黑就是白,然后在下一个斑马线上被撞死了。

"大部分顶尖神学家称这个论证还比不上一坨澳洲野狗的腰子,但也没能拦住欧龙·克鲁飞把它当作畅销书《很好,上帝这下完蛋了》的中心思想,借此发了一笔小财。

"另一方面,倒霉的巴别鱼,尽管它们事实上拆除了不同种族和文化之间的交流障碍,却在智慧生命史上引发了比其他东西更多、更血腥的战争。"

亚瑟低沉地呻吟了一声。他惊恐地发现穿越超空间的冲击并没有杀死他。他现在的位置离地球足有六光年——假如地球还存在的话。地球。

地球的各种景象闪过他正在犯晕车的意识,害得他想呕吐。他的想象力无论如何也消化不了地球整个消失所造成的结果,因为它实在过于巨大。他想到父母和妹妹都不在了,他用这个念头探查内心,内心却毫无反应。他想到他亲近过的所有人,依然毫无反应。他想到两天前在超市排队时站在背后的陌生人,觉得像是突然被捅了一刀——那家超市不在了,超市里的所有人都不在了。纳尔逊纪念柱不在了!纳尔逊纪念柱不在了,不会再有什么抗议了,因为没有活人留下来搞抗议了①。从今往后,纳尔逊纪念柱只会存在于他的脑海里。英格兰只会存在于他的脑海里——而他的大脑却陷在了这艘阴森森、臭烘烘的钢铁飞船里。幽闭恐惧症掀起浪涛,陡然吞没了他。

英格兰不复存在了。他已经明白了,不知道为什么,但他真的已经明白了。他又试了试:他心想,美国不存在了。他没法掌握这个念头。他决定换个小一点的目标再试试。纽约不存在了。毫无反应。不过他本来也没认真地相信过纽约真的存在。美元,他心想,这下彻底沉到底了。稍微有点震动。他对自己说,亨佛莱·鲍嘉的电影都被抹掉了,这个冲击害得他一阵翻江倒海。麦当劳,他心想。不再有麦当劳汉堡了。

他昏死过去。一秒钟后等他醒来,发现自己在哭着喊妈妈。

他一使劲,跳了起来。

"福特!"

坐在角落里哼歌的福特抬起头。他每次都会发觉,太空旅行中实际穿过太空的那部分非常磨炼耐心。

"怎么了?"他问。

---

① 纳尔逊纪念柱(Nelson's Column):位于伦敦特拉法加广场,为纪念英国著名的海军将领纳尔逊而修建。爱尔兰都柏林也曾有类似建筑,被爱尔兰共和军于1966年炸毁,以示对英国政府的抗议。——译者

"你是这本什么书的调查员,也在地球上待过,那你肯定是在搜集关于地球的资料,对吧?"

"呃,是的,这样就可以扩充一下原始条目了。"

"给我看看现在的版本怎么说地球,我非要看一眼才行。"

"当然,没问题。"福特又把书递给亚瑟。

亚瑟接过《指南》,竭力止住双手的颤抖。他按下条目入口,想调出相关页面。屏幕一闪,界面转动,化作一页文字。亚瑟瞪着屏幕。

"没有这个条目!"他怒喝道。

福特趴在他肩膀上看了一眼。

"不,有的,"他说,"往下面找,看屏幕底部,就在色情座六号星的三乳妓女古怪子·加隆比兹下面。"

亚瑟顺着福特的手指往过去,找到他说的地方。刚开始他无法理解他到底看见了什么,然后他的脑袋险些爆炸。

"什么?无害?只有这么点儿可说的?无害!就两个字?"

福特耸耸肩膀。

"你看,银河系有几千亿颗恒星,但这本书的微处理器的空间是有限的,"他说,"再说也没人真的了解地球。"

"好吧,老天在上,希望你能稍微修订一下。"

"没问题,我已经把新条目传给编辑了。他不得不删掉了一些内容,但好歹也算是有所改进吧。"

"现在是怎么说的?"亚瑟问。

"基本无害。"福特说,尴尬地咳嗽了一声。

"基本无害!"亚瑟叫道。

"那是什么声音?"福特突然压低声音。

"是我在嚷嚷。"亚瑟叫道。

"不是!闭嘴!"福特说,"我看咱们有麻烦了。"

"你看咱们有麻烦了?"

门外清楚地传来踢正步的脚步声。

"丹特拉斯人?"亚瑟轻声问。

"不,这些是铁头靴子。"福特答道。

门上传来刺耳而干脆的敲门声。

"那会是谁?"亚瑟问。

"唉,"福特答道,"要是运气好,

色情座六号星的
三乳妓女
古怪子·加隆比兹

只不过是沃贡人来把咱们丢进太空。"

"要是运气不好呢?"

"要是运气不好,"福特的声音令人胆寒,"船长对他发出过的威胁很是认真,他将先给咱们念几句他的诗作……"

# 7

毫无疑问,沃贡人的诗是全宇宙第三糟糕的。第二糟糕的来自科瑞纳星的阿兹哥特人。他们的伟大诗人"胀气"格伦索斯在朗诵其作品《献给一个仲夏早晨我在腋窝里找到的一小坨绿色垢泥的颂歌》时,四名听众死于内出血,中银河系艺术剽窃委员会①的主席咬掉自己的一条腿,这才得以幸免于难。据报道,公众对这首作品的反应使得格伦索斯颇为"失望",于是着手准备朗诵他名为《我最喜爱的洗浴时间汩汩声》的十二卷史诗,所幸他本人的大肠为了拯救生命和文明,在绝望下拼死一搏,径直冲过他的脖子,勒死了他的大脑。

宇宙间第一糟糕的诗歌已经和它的创造者——英格兰埃

---

① 中银河系艺术剽窃委员会(Mid-Galactic Arts Nobbling Council)中的"剽窃"原词为 Nobbling,戏仿诺贝尔奖(Nobel)。——译者

伟大诗人
"胀气"
格伦索斯

塞克斯市绿桥镇的葆拉·南希·米尔斯通·詹宁斯①——一起随着地球的毁灭而永远消失了。

普洛斯泰特尼克·沃贡·杰尔茨的笑容浮现得很慢，这倒不是为了制造效果，而是因为他在努力回忆肌肉运动的前后顺序。他已经朝着两个囚犯吼叫了一通，这对他来说相当于心理治疗，现在他感觉颇为放松，准备要展示一下什么叫铁石心肠。

囚犯坐在"诗歌欣赏椅"上，准确地说，被捆在"诗歌欣赏椅"里。沃贡人对于他们的作品能被大众接受并不抱什么幻想。沃贡人起初也在写作方面付出过努力，那是因为他们执着地想被视为一个进化完善、文化灿烂的种族，但现在驱使他们坚持写作的仅仅是纯粹的残忍。

福特·大老爷的眉头渗出冷汗，汗水顺着固定在太阳穴上的电极流淌。电极连接着一连串的电子仪器，包括想象力强化仪、节律调制器、头韵添加机和明喻倾倒器，全都设计用来增强诗歌带来的体验，确保你不会漏掉诗人脑海里的每一个细微转折。

---

① 保罗·尼尔·米尔内·约翰斯通（Paul Neil Milne Johnstone）是一位英国诗人，也是作者道格拉斯·亚当斯的同学，最初曾使用过他的本名，但后来在出版和广播剧中被迫将其变化为现在的葆拉·南希·米尔斯通·詹宁斯（Paula Nancy Millstone Jennings）。——译者

亚瑟·邓特坐在椅子上,他在颤抖。他不知道接下来会发生什么,但他知道他不喜欢迄今为止发生的任何事情,也不认为情况接下来能够有所改变。

沃贡人开始朗诵——这是他本人作品中最恶心的一小段。

噢,虫子哼哼地抱揉……

他念道。阵阵痉挛折磨着福特的身躯——这比他有可能做好思想准备的还要可怕。

……汝之小便于我

如泼播的唠叨污点,于病快体的一只蜜蜂。

"啊——呕——呃——!"福特·大老爷叫道,使劲把脖子朝后拧,一团团剧痛在脑袋里横冲直撞。他视线模糊,只能勉强看见亚瑟没精打采地躺在旁边的欣赏椅里,扭动身体。他咬紧牙关。

"咕噜噗我恳求你,"毫无同情心的沃贡人继续念道,"我的脚字特灵飞机场。"

他的声调一路拔升,变成了激情洋溢的可怕刺耳高音。

而有铁箍地拽恳我,用起皱的小包肠嘟,

否则,我将在废料疣子里用我的模糊哥嘎吱世代撕碎汝,且看我敢不敢!

"噫——吁——嘻——呕——呃——!"福特·大老爷哀叫道,最后一行诗经过电子增强,狠狠轰击他的太阳穴,他爆发出最后一阵痉挛,然后瘫软了下去。

亚瑟没精打采地靠在欣赏椅里。

"现在，地球人……"沃贡人瓮声瓮气地说（他不知道福特·大老爷实际上来自参宿四附近地区的一颗小型行星，不过就算知道他也不会在乎），"我给二位一个简单的选择！死在真空里，或者……"他停顿片刻，制造戏剧性的效果，"告诉我，你们觉得我的诗有多好！"

他往后一靠，躺进蝙蝠形状的大皮椅，望着面前的两个人。他再次露出他特有的笑容。

福特在呼哧呼哧喘气，枯干的舌头在焦涸的嘴巴里舔了一圈，禁不住呻吟起来。

亚瑟轻快地说："说起来，我还挺喜欢的。"

福特扭头去看亚瑟，目瞪口呆。他压根儿就没想到过还有这条路可走。

沃贡人惊讶地挑了挑眉毛，有效地遮住了他的鼻子，因此并不是坏事。

"哦，好的……"他嗡嗡地说，他同样相当惊讶。

"嗯，是的，"亚瑟说，"我觉得诗里的一些先验意象尤其格外有效。"

福特继续瞪着他，围绕着这个全新的概念，逐渐组织他的思路。他们真的能靠不要脸闯出一条生路吗？

"不错，接着说……"沃贡人请他继续讲下去。

"喔……还有，呃……韵律设计也非常值得玩味，"亚瑟继续道,"这似乎对应上了……呃……呃……"他支吾起来。

福特插进来拯救他,大着胆子说:"……对应上了潜藏于隐喻之下的超现实主义,那隐喻是……是……"他也支吾起来,但亚瑟已经准备好了说辞。

"……人性……"

"沃贡性。"福特低声纠正他。

"哦,对,沃贡性(对不起),诗人富有同情心的灵魂中的沃贡性"——亚瑟觉得他已经跑上了通往终点的直道——"以诗歌的结构为媒介,升华了这个,超越了那个,与他者的基础二分法达成了妥协"——他正在攀登凯旋的高潮——"给听众留下深刻而清晰的洞见,窥入……窥入……"(接下来的话突然弃他而去)。福特带着最终一击重新下场:

"窥入这首诗所描述的情境之中!"他高喊道,从嘴角悄声说:"干得好,亚瑟,非常好。"

沃贡人仔细打量着他们。有几秒钟,他苦闷的种族主义灵魂也有所触动,但他想道,不行——太少了,太迟了。他再次开口,声音就像猫在抓挠起绒的尼龙织物。

"那么,按照你们说的,我写诗是因为我虽然看上去刻薄、无情、铁石心肠,但在外表之下,我只是渴望被爱而已。"他说。他顿了顿:"是这样吗?"

福特紧张地哈哈一笑。"呃,我是说,对,"他说,"咱们不都是这样吗?在内心深处,你明白的……呃……"

沃贡人突然起身。

"不,不对,你们彻底错了,"他说,"我写诗只是想完全袒露我刻薄、无情、铁石心肠的外表,就这么简单。总言,我要把你们从船上扔出去。卫兵!把囚犯带到三号气闸,扔出飞船!"

"什么?"福特叫道。

一个体型庞大的年轻沃贡卫兵踏上几步,用满是肥肉脂肪的巨大臂膀将两人从束缚中扯出来。

"你不能把我们扔进太空,"福特嘶喊道,"我们正在写书。"

"抵抗是没有用的!"沃贡卫兵对他们吼道。这是他加入沃贡卫兵军团后学到的第一句话。

船长带着事不关己的愉快心情看了一会儿,然后转过身去。

亚瑟疯狂地扫视四周。

"我还不想死!"他喊道,"我还在头疼!我不想带着头疼上天堂,我会心情恶劣,没法享受天堂的!"

守卫捏住两个人的脖子,朝船长的背影谦恭地鞠个躬,拖着还在抗议的亚瑟和福特离开舰桥。铁门砰然关闭,船舱里又只剩下了船长一个人。他静静地哼着小曲,陷入沉思,手指拨弄着他写诗的笔记本。

"嗯,"他说,"对应上了潜藏于隐喻之下的超现实主义……"他想了一会儿这句话,然后狞笑着合上笔记本。

"死亡算是便宜他们了。"他说。

漫长的钢铁通道里,回荡着两个人形生物在沃贡人橡胶般的腋窝下徒然挣扎的响动。

"这太棒了,"亚瑟语无伦次地说,"真的太了不起了。放开我,野蛮人!"

沃贡卫兵拖着他们向前走。

"别担心,"福特说,"我会想到办法的。"但从他的语气听起来,希望似乎并不大。

"抵抗是没有用的!"卫兵咆哮道。

"能不能别再说这种话了?"福特结结巴巴地说,"一个人总是说这种话,怎么可能保持积极的精神状态呢?"

"我的天,"亚瑟抱怨道,"你居然说什么积极的精神状态,你住的星球又没有在今天刚刚被摧毁。今天早晨醒来的时候,我还在想能舒舒服服休息一天呢,读读书,给狗刷刷毛……现在才下午四点,我却马上要被扔出一艘外星飞船了,而这儿离地球冒烟的废墟足有六光年!"亚瑟说得唾沫星子四溅,沃贡人紧了紧他的手,亚瑟从喉咙里发出咕噜噜的声音。

"好了好了,"福特说,"不要惊慌!"

"少跟我说什么慌不慌的!"亚瑟喝道,"这还只是文化冲击而已。你给我等着,等我适应了环境,摸清楚方向,到时候我才会开始惊慌!"

"亚瑟,你歇斯底里了。闭嘴!"福特竭力思考,但卫兵的又一声吼叫打断了他的思路。

"抵抗是没有用的!"

"还有你,你也给我闭嘴!"福特怒喝道。

"抵抗是没有用的!"

"唉,你就歇歇吧。"福特说。他转动头部,直到能够直视对方的脸。他突然有了个主意。

"你做这些事难道真的快乐吗?"他忽然问。

沃贡人站住不动了,难以尽述的愚钝表情慢慢爬上他那张脸。

"快乐?"他咆哮道,"你在说什么?"

"我在说,"福特解释道,"做这些事让你过上了让你满意的完美生活吗?跺着脚走来走去,大喊大叫,把人推出宇宙飞船……"

沃贡人抬头望着低矮的钢铁天花板,眉毛皱得都快拧成一团了,嘴巴松垮垮地张开。半晌,他说:"呃,上班时间不错……"

"那倒是真的。"福特赞同道。

亚瑟扭头看福特。

"福特,你在干什么?"他惊讶地悄声说。

"没什么,只是想让他对我周围的世界产生兴趣,明白吗?"他答道,"这么说,上班时间很不错,对吧?"他继续和卫兵攀谈。

沃贡人低头看他,行动迟缓的念头在脑海的幽暗深处缓缓搅动。

"是的,"他说,"但既然你提起来了,我必须承认大部分时候其实挺没意思的。不过……"他又想了想,思考需要他抬头仰望天花板,"我挺喜欢吼来吼去的。"他深吸一口气,咆哮道,"抵抗是……"

"对对,没错,"福特连忙打断他,"你很擅长吼叫,我看得出来。但假如大部分时候都很没意思,"他说得很慢,让这些字词有时间可以爬向它们的目标,"那么你为什么非做不可?有什么理由吗?吸引姑娘?皮革制服?男子气概?还是说,你只是觉得,能将就着干这些不需要脑子的单调事情代表了一种趣味非凡的挑战呢?"

亚瑟迷迷糊糊地朝后看看,朝前看看,在两人间切换视线。

"呃……"卫兵答道,"呃……呃……我也不知道。我想我只不过是在……混日子罢了。我姨妈说飞船卫兵对年轻沃贡人来说是一份相当有前途的职业——你知道的,有制服穿,有致晕射线枪的枪套挂在屁股后面,做些不需要脑子的单调事情……"

"亚瑟,听见了吗?"福特的语气仿佛在争辩中即将做出总结陈词,"你还觉得你面临着人生难题呢。"

亚瑟的确认为他面临着人生难题。除了他母星的那档子不愉快事情,沃贡卫兵把他掐得就快窒息了,更何况他非常不愿意被活生生地扔进太空。

"试着理解一下他面临的问题吧,"福特坚持道,"这个可怜的小伙子,他的整个生活就是跺着脚走来走去,把人扔出宇宙飞船……"

"还有大喊大叫。"卫兵补充道。

"当然,还有大喊大叫,"福特拍了拍捏住脖子的肥厚手臂,态度既友好又殷勤,"而他甚至都不知道他为什么要这么做!"

亚瑟也觉得这确实非常可悲。他虚弱地打了个小手势,借此表达他的想法,因为他已经窒息得没法说话了。

卫兵瓮声瓮气地说出内心的困惑。

"呃,既然你这么说了,我确实觉得……"

"好小伙子!"福特鼓励道。

"但话也说回来,"他继续瓮声瓮气地说,"还有其他的出路吗?"

"当然有,"福特轻快但缓慢地说,"那就是别再做了!告诉他们,"他接着说道,"你不想继续做这些事了。"他觉得应该再补充些什么,但卫兵的大脑似乎正忙着处理他的建议。

"呃——嗯——……"卫兵说,"呃嗯,但是,我怎么觉得不像是个好主意。"

福特突然感觉到机会正在悄悄溜走。

"稍等一下,"他说,"这还只是刚开了个头,明白吗?还有更多的问题呢,明白吗……"

但就在这时,卫兵又在手上加了把劲,继续执行他的任务,拖着两名囚徒走向气闸。他显然深有触动。

"不,我觉得既然对你们来说都一样,"他说,"那我还是把二位推出气闸,然后回去接着做我必须完成的吼叫任务吧。"

对于福特·大老爷来说,当然完全不一样。

"先别……听我说!"他的语调没那么缓慢,不那么轻快了。

"哼——嗯——……"亚瑟说话时缺少清晰的音调变化。

"等一等,"福特不肯放弃,"我还有音乐、绘画和其他许多东西没讲给你听呢!啊——!"

"抵抗是没有用的,"卫兵咆哮道,然后又补充道,"你们要明白,就这么坚持下去,我迟早能获得提升,当上高级喊叫官。不大喊大叫、不把人推来搡去的职员位置通常很少会有空缺,所以我看我还是坚持做我了解的事情吧。"

他们来到气闸前,这是一道巨大的圆形钢铁舱口,开在飞船的内表面上,非常沉重,需要巨大的力量才能打开。卫兵按了几下控制器,舱门平稳地打开了。

"但还是谢谢你的关心,"沃贡卫兵说,"现在嘛,再见。"他把福特和亚瑟扔进舱门里的一小间舱室。亚瑟躺在地上喘气。福特手忙脚乱地爬起来,企图用肩膀抵住正在重新关闭的舱门,可惜他注定是白费力气。

"请听我说,"他对卫兵喊道,"外面有一整个你完全不了解的世界……你听这个!"他在绝望中抓住他唯一能立刻想到的文化产物——他开始哼唱贝多芬第五交响曲的第一小节。

"哒哒哒当!你难道没有任何触动吗?"

"没有,"卫兵答道,"真的没有。不过我会告诉我姨妈的。"

接下来就算他还说了些什么,亚瑟和福特也听不见了。舱门封闭成气密状态,外界的声音随之消失,只剩下飞船引擎遥远而微弱的嗡嗡运转声。

这是一间抛光得锃亮的圆筒形船舱,直径约六英尺,长约十英尺。

福特喘着粗气扫视四周。

"还以为那小子有点慧根呢。"他说,靠在弯曲的壁面上。

亚瑟飞进来的时候摔在有弧度的地板上,这会儿他还在原处,没有抬头张望,只是躺在地上喘息。

"咱们被困住了,对吧?"

"对,"福特答道,"被困住了。"

"好吧,你想到办法了吗?记得你说过你会想办法的。也许你已经想到了,只是我没注意到。"

"哦，没错，我想到了一个办法，"福特喘着气说。

亚瑟期待地抬头看他。

"但非常不幸，"福特继续说道，"我的办法有个关键点，那就是必须在这道舱门那边才行。"他踢了一脚被扔进来时经过的那道舱门。

"这是个非常好的主意，对吧？"

"那是当然，漂亮极了。"

"是什么呢？"

"呃，我还没来得及完善细节。反正现在也不重要了，对吧？"

"那么……接下来会发生什么呢？"亚瑟问。

"噢，呃，嗯，我猜前方的舱门很快就会自动打开，咱们会被弹进太空，然后窒息而死。当然了，假如你能抢先吸上满满一肺的空气，那就可以多撑最多三十秒时间……"福特说。他把双手背在背后，扬起眉毛，开始哼唱古老的参宿四战斗颂歌。在亚瑟眼中，福特忽然变得很像外星人。

"那就这样了？"亚瑟说，"咱们就要死了。"

"对，"福特说，"只是……不对！稍等一下！"他忽然冲过舱室，扑向亚瑟背后的某个东西。"这个开关是干什么的？"他喊道。

"什么？哪儿？"亚瑟跟着转身。

"什么也没有，我活跃一下气氛而已，"福特说，"反正咱们要死了。"

他又软绵绵地往舱壁上一靠,从刚才停下的地方继续哼唱歌曲。

"知道吗?"亚瑟说,"在这么一个时刻,我被困在沃贡飞船的气密舱里,身边是一个来自参宿四的男人,很快就要在太空中死于窒息,我真希望年轻时听了我老妈的劝告。"

"怎么?她跟你说了什么?"

"不知道,我当时没认真听。"

"喔。"福特接着哼歌。

"太了不起了,"亚瑟心想,"纳尔逊纪念柱不在了,麦当劳不在了,只剩下我和四个字'基本无害'。随时都会变得只剩下'基本无害'。而就在昨天,地球还看上去一切正常。"

一台马达开始嗡嗡运转。

微弱的咝咝声很快变成了震耳欲聋的气流咆哮声,外舱门渐渐打开,一片空荡荡的黑暗赫然出现,上面点缀着一些亮得不可思议的微小光点。福特和亚瑟被射进茫茫太空,就像玩具枪打出的两颗软木弹。

# 8

《银河系搭车客指南》是一本登峰造极的好书,许多年来在许多不同的编辑班子手上修订和再修订了许多次,不计其数的旅行者和资料搜集者都对其有所贡献。

书的前言是这么这样开篇的:

"太空,"《指南》说,"很大。真的非常大。它巨大、超级大、茫茫大,你根本没法相信它到底有多大。我是说,你也许觉得一路走到药房已经很远了,但比起太空来说,这点距离连一粒花生米都不如。听我说……"等等等等。

(就这么唠叨了一阵,《指南》放下了一点架子,开始说一些你必须知道的事情,例如美如仙境的贝丝萨拉敏星球现在非常担忧每年上百亿游客所积累的浸蚀,因此会在你离境时用外科手术去掉食物总量和排泄物总量之间的净差额,所以每次上完厕所,你千万别忘记要收据,这是性命攸关的大事。)

说句公道话,就算你的智慧比负责编写《银河系搭车客指南》前言的头脑更加优秀,在面对星球间遥远得难以想象的距离时也要望而却步。有人会请你思考英国里丁的一粒花生和南非约翰内斯堡的一颗小胡桃，或者其他同样令人晕头转向的概念。

简而言之，星际间的距离不适合人类的想象力。

光的传播速度很快——大部分文明花了好几千年才搞明白光实际上也需要传播——但就连光也需要时间从一颗星球传播到另一颗星球。光需要八分钟从恒星太阳传播到地球曾经在的位置，再走四年才能抵达离太阳最近的恒星，半人马座阿尔法星。

要去银河系的另外一端，比方说达莫格兰，光要走的时间可就相当长了：五十万年。

搭便车走完这段距离的记录是五年差一点，但在路上就看不到什么风景了。

《银河系搭车客指南》说，假如你吸满一肺的空气屏住，你在完全真空的太空中可以存活大约三十秒。但《银河系搭车客指南》接下来又说，考虑到太空巨大得难以想象的广阔尺度，你在这三十秒内被另外一艘飞船接起的概率是二的二十七万六千七百零九次方分之一。

这个巧合真是巧得让人吃惊，因为276709同时也是伊斯林顿一套公寓的电话号码，而亚瑟曾经在那里参加过一场棒得不得了的派对，遇见了一个好得不得了的姑娘，他对那个姑娘一直耿耿于怀，而她却和一个不请自来的家伙离开了。

伊斯林顿的
派对

尽管行星地球、伊斯林顿的那套公寓连同那台电话此刻都已经灰飞烟灭，但考虑到二十九秒后福特和亚瑟双双获救，因而通过某种微不足道的方式纪念了这几样东西，事情还真是挺暖心的呢。

# 9

一台电脑注意到一个气闸自己开启又关闭,但找不到任何显而易见的原因,惊慌之下叽叽喳喳地独个儿叫了起来。

其实是因为理性①出门吃午饭去了。

银河系刚才被戳了个窟窿,窟窿只存在了零分之一秒,直径仅为零分之一英寸,但从一头到另一头却有许多百万光年。

窟窿闭合的时候,许多纸帽子和舞会气球掉了出来,慢慢飘过整个宇宙。另外还有一组七个各高三英尺的市场分析师也掉了出来,他们随即死去,部分因为窒息,部分因为惊讶。

除此之外,还掉出了二十三万九千个嫩煎蛋,它们瞬间出现在潘塞尔星系正遭受饥荒袭击的普格瑞尔大陆上,垒成了晃晃悠悠的好大一堆。

---

① 理性和原因在英语中都是 reason。——译者

除了一个人，整个普格瑞尔部族都已经死于饥荒，数周后，这个人也死于胆固醇中毒。

窟窿存在的零分之一秒在时间中以最不可能的方式前后弹跳，在非常遥远的过去严重伤害了随机组合在一起的一小群原子，这些原子当时正在空荡荡的荒凉太空中飘荡，以最最不可思议的特殊模式紧紧互相攀附。这些模式很快学会了自我复制（之所以特殊，原因就在于此），在它们飘荡落下的每颗行星上都惹出了巨大麻烦。这就是宇宙中生命的由来。

五个狂野的事件大漩涡在非理性的邪恶风暴中盘卷，呕吐出一条人行道。

福特·大老爷和亚瑟·邓特躺在这条人行道上拼命吸气，活像两条半死不活的鱼。

"你看看，"福特喘息着说，摸索着在人行道上寻找可供攀住的指孔，而人行道正在飞速穿越名为"未知的第三延伸段"的区域，"我说过了，我会想出办法的。"

"噢，当然，"亚瑟说，"当然。"

"我这主意可真聪明，"福特说，"找一艘过路的飞船，让它把咱们救上去。"

真正的宇宙弓起身体，从两人底下悄悄离开，他们一时间恶心得想吐。形形色色的冒牌货一个接一个默默地填补空缺，动作灵巧宛如岩羊。最初的光陡然爆发，把时空统一体像碎果冻似的抛射出去。时间盛放，物质退缩。最大的素数找了个角落，偷偷与自己接合，永远地藏匿起来。

"行了，别吹牛了，"亚瑟说，"成功率只有天文数字分之一。"

"别扫兴，反正成功了。"福特说。

"咱们这是上了一艘什么船?"亚瑟问，通往永恒的深渊在他们脚下张开大嘴。

"不知道，"福特说，"我还没睁开眼睛呢。"

"好吧，我也一样。"亚瑟说。

宇宙跳了一下，愣住，哆嗦了一下，朝好几个难以预料的方向伸展开去。

亚瑟和福特睁开眼睛，带着程度可观的惊讶环顾四周。

"好老天呐，"亚瑟说，"怎么和绍森德① 海滨一个样?"

"该死，听你这么说，我可算是放心了。"福特答道。

"为什么?"

"因为我还以为我肯定是发疯了。"

"也许你真的发疯了。也许只是以为我这么说而已。"

福特思考了一会儿。

"好吧，你到底有没有说?"他问。

"好像是说了。"亚瑟答道。

---

① 绍森德（Southend）：全称"滨海绍森德"，英国英格兰东南部的居住区与旅游城市，位于泰晤士河口湾北岸，西距伦敦五十八公里。——译者

"很好,也许咱俩都疯了。"

"那是当然,"亚瑟说,"咱们发疯了才会觉得这儿是绍森德。"

"很好,所以你觉得这儿是绍森德吗?"

"该死,是的。"

"我也是。"

"因此,肯定是咱俩都疯了。"

"倒是个适合发疯的好日子。"

"没错。"一个路过的变态狂说。

"刚才那是谁?"亚瑟问。

"你说谁——有五个脑袋的男人,还带着插满腌咸鱼的接骨木树丛,你说他吗?"

"对。"

"不认识。就是个路人吧。"

"哦。"

两人在人行道上坐下,忐忑地望着庞大的孩童沉重地沿着沙滩弹跳,野马风驰电掣地穿过天空,把新一批加固栏杆送往所谓的"不确定区域"。

"知道吗?"亚瑟清了清嗓子,说,"假如这儿真是绍森德,有些地方似乎非常不对劲……"

"你指的是大海稳当得像石头,但建筑物起伏不定?"福特说,"对,我也觉得不太对劲。说起来,"就在这时,绍森德轰然劈裂成六等分,碎块开始跳舞,轻快地彼此绕着旋转,演变出一个个下流而放荡的队形,"正在发生的事情还真是够奇怪的。"

管乐器和弦乐器奏出狂野而喧闹的噪音,噪音在风中凋零;滚烫的甜甜圈蹦出路面,每个只要十便士;恐怖的鱼类暴雨从天而降,亚瑟和福特决定逃跑。

他们穿过声音的厚墙、陈腐念头的山岭、情调音乐的峡谷、坏鞋的会面和没用的蝙蝠,忽然听见一个年轻女人在说话。

这个声音听起来很懂道理,虽然它只是在说,"一比二的十万次方,正在上升",然后又沉默了。

福特沿着一束光滑下去,转身寻找声音的来源,却没有看见他能认真相信的东西。

"那个声音在说什么?"亚瑟叫道。

"不知道,"福特吼道,"不知道。听起来像是在计算可能性。"

"可能性?你在说什么?"

"可能性。你知道的,就像二对一,三对一,四对五。那个声音说一比二的十万次方。你要明白,这个可能性离不可能很近了。"

一百万加仑大桶装的奶油冻毫无警示地倾倒在他们头顶上。

"但那是什么意思呢?"亚瑟叫道。

"什么,奶油冻吗?"

"不,刚才在计算的不可能性!"

"不知道。我什么都不知道。我猜咱们上了某种飞船。"

"我只能假设,"亚瑟说,"这不是头等舱。"

时空统一体的结构上长出了一个个鼓包。又大又难看的鼓包。

"哈啊——呃——……"亚瑟说,他感觉到身体在变软,朝稀奇古怪的方向弯曲,"绍森德似乎在融化……星星成了漩涡……一场沙尘暴……我的两条腿在飘走,飘进日落……我的左胳膊也掉下来了。"他忽然有了一个可怖的念头。"该死,"他说,"这下我该怎么操作我的电子表啊?"他拼命把双眼转向福特的方向。

"福特,"他说,"你在变成企鹅。快停下!"

那个声音又开口了。

"一比二的七万五千次方,正在上升。"

福特愤怒地绕着他的池塘蹒跚而行。

"喂,你是谁?"他嘎嘎叫道,"你在哪儿?发生了什么?有办法能停下来吗?"

"请放松,"那个声音欢快地说,活像商业班机上的空中小姐在讲话,只是这架飞机只剩下了一侧机翼和两个引擎,其中一个引擎还在熊熊燃烧,"你不可能更安全了。"

"但这不是重点！"福特怒喝道，"重点是我变成了一只不可能更安全的企鹅，而我的同伴的四肢都快跑干净了！"

"没事，我把手脚都装回去了。"亚瑟说。

"一比二的五万次方，正在上升。"那个声音说。

"必须承认，"亚瑟说，"它们比我平时习惯的长了点，可是……"

"难道你就没什么话想对我们说吗？"福特以鸟类特有的愤怒嘎嘎叫道。

那个声音清清喉咙。一块硕大无朋的花色小蛋糕晃晃悠悠地走向了远方。

"欢迎，"那个声音说，"登上黄金之心号飞船。"

那个声音继续说了下去。

"无论在周围见到或听到什么，都请不要紧张，"那个声音说，"刚开始你们肯定会产生一些不良反应，因为我们把你们从必然的死亡中救了回来，这种事的概率低至一比二的二十七万六千次方——或许还要更低。飞船此刻正在一比二的两万五千次方并持续上升的水平上巡航，等我们能确定什么是正常后就会恢复正常。谢谢你的关注。一比二的两万次方，正在上升。"

声音戛然而止。

福特和亚瑟站在一个发光的粉色小卧室里。

福特兴奋得都快发疯了。

"亚瑟！"他说，"太了不起了！咱们被一艘由无限不可能性引擎驱动的飞船救起来了！太难以置信了！早就听说过传闻！官方反正什么也不承认，但他们肯定做到了！他们造出了不可能性引擎！亚瑟，这太……亚瑟？亚瑟你怎么了？"

亚瑟用身体死死抵住小卧室的门，不让门被打开，但门和门洞的尺寸差了一点。许多毛茸茸的小手在拼命挤进门缝，每个指头都染着墨水；细小的声音叽叽喳喳地叫个不停。

亚瑟抬起头。

"福特！"他说，"外面有无数只猴子想找咱们谈谈他们正在写的《哈姆雷特》剧本①。"

---

① 猴子与哈姆雷特来自法国数学家埃米尔·博雷尔（Émile Borel）提出的无限猴子定理，即：让一只猴子在打字机上随机地按键，当按键时间达到无穷时，必然能够打出任何给定的文字，比如莎士比亚的全套著作。不过，根据查尔斯·基泰尔（Charles Kittel）在 *Thermal Physics*（1980）书中的估算，即使可观测宇宙中充满了猴子一直不停地打字，能够打出一部《哈姆雷特》的概率仍然少于 $10^{183800}$ 分之一。——译者

## 10

　　无限不可能性引擎，这是一种可以在零分之一秒内跨越星际间遥远距离的伟大新方法，不再需要你在超空间里慢吞吞地胡乱逛荡。

　　一次幸运的偶然事件使得这种方法得以问世，继而由达莫格兰上的银河政府研究小组将其开发为可控制的推进系统。

　　以下是发现这种方法的简要经过。

　　少量有限不可能性的产生原理其实很容易理解，你只需要把班布尔维尼五七型亚介子脑的逻辑回路缠绕在悬挂于强布朗运动发生器（比方说一杯喷香的热茶）中的原子矢量绘图仪上就行了——这么一个构造机制再加上不确定性原理，常可用于派对破冰，办法是让派对女主人内衣的所有原子同时向左跃迁一英尺。

　　许多备受尊敬的物理学家说他们不会容忍这样的事情，部分原因是它降低了科学的品质，但主要还是因为这种派对从不邀请他们参加。

他们不能容忍的事情还有一件,那就是在尝试建造无限不可能性场的发生器时遭遇了连场挫败,而要让飞船穿过遥远恒星之间足以让大脑瘫痪的距离,无限不可能性场是必不可少的东西。最后,他们恼怒地宣布这种机器完全不可能存在。

然而有一天,一场格外不成功的派对过后,一名被留下来打扫实验室的学生发现他可以这么思考问题:

他设想:假如有一种机器完全不可能存在,那么从逻辑上说这就是一个有限不可能性事件。所以,想要造出这种机器,我只需要去搞清楚这个不可能到底有多大,然后把数字输入有限不可能性发生器,再给它一杯新泡的热茶……再然后,拨动开关!

他就这么做了,然后惊讶地发现他真的凭空造出了人们苦苦寻觅已久的宝贵的无限不可能性发生器。

更让他惊讶的是,就在他荣获银河学院的无比聪明奖之后,一群备受尊敬的物理学家化身为狂怒的暴徒,私刑处决了他——他们终于想通了,他们最无法容忍的其实是自作聪明。

11

黄金之心号的抗不可能性控制舱很像一艘百分之百传统的飞船，除了它过于干净，因为飞船实在太新了，有些控制座椅的塑料保护膜都还没撕掉。控制舱大体而言一片雪白，长方形，大小和像一家小餐馆差不多。然而，控制舱也并不完全是长方形的：两面较长的墙壁朝船尾方向倾斜但保持略微弯曲的平行，所有凸角和转弯都做成令人兴奋的矮粗形状。相比之下，把船舱做成最普通的三维长形房间固然更简单也更实用，但那么一来，设计师岂不就太可怜了。看看现在，控制舱看上去目的明确得让人激动，巨大的显示屏占据了墙壁的凹面，底下布满了控制和导航系统的操纵面板。一个机器人意志消沉地坐在角落里，闪闪发亮的雾面钢脑袋无力地耷拉在闪闪发亮的雾面钢双膝间。这个机器人也很新，然而尽管它的构造是这么美丽，打磨得是这么锃亮，但天晓得为什么，他大致类人的身体上，各个部分无论你怎么看都觉得彼此配合得不太对劲。事实上，它们的配合完全正常，但看着机器人的举止,你就是觉得它们应该配合得更好一些。

赞法德·毕博布鲁克斯在船舱里紧张地踱来踱去,手在闪闪发亮的器具上摸来摸去,兴奋地笑个不停。

翠莉安坐在椅子上,凑近一组仪器看读数。扩音系统把她的声音传播到飞船的每一个角落。

"一比五,正在上升……"她说,"一比四,正在上升……一比三……二……一……概率回到一比一……我们已经恢复正常,重复一遍,我们已经恢复正常。"她关掉麦克风,又马上打开,笑嘻嘻地说:"万一你们还是觉得有什么事情不对劲,那就是你们自己的问题了。请放松。很快就会有人来接你们。"

赞法德不耐烦地爆发了:"翠莉安,他们是谁?"

翠莉安把座位转过来面对他,耸耸肩。

"只是咱们经过ZZ9复Z阿尔法区域的时候,"她说,"在太空里搭上的几个家伙罢了。"

"哦,很好,翠莉安,你这人非常体贴,"赞法德抱怨道,"但考虑到目前的局势,你真的觉得这么做很明智吗?我是说,咱们正在逃跑,半个银河系的警察都在追咱们,而咱们却停下来让搭车客上船。不错,你的风度在十分里可以拿十分了,明智却是负好几百万,你说呢?"

他气恼地拍打面前的控制台,翠莉安总在他按下重要的按钮前轻轻挡开他的手。赞法德也许拥有一些优良品质,比方说英勇、自负和浮夸,但在机械方面非常笨拙,打个夸张的手势就有可能把飞船炸成碎片。翠莉安越来越怀疑,他之所以能过得既狂野又成功,是因为他从来都不真的明白他做的事情有什么意义。

"赞法德,"她耐心地说,"他们漂浮在太空中,毫无保护措施,你总不至于希望他们等死吧?"

"呃,你知道的……不希望。不怎么希望,可是……"

"不怎么希望?不怎么希望他们死?可是什么?"翠莉安歪着脑袋瞪他。

"呃,也许很快就会有别人让他们上船。"

"再多等一秒他们就死了。"

"太对了,所以要是你肯稍微多想一下,这个问题就不存在了。"

"看着他们死掉,你难道很高兴?"

"呃,你知道的,也不怎么开心,可是……"

"而且,"翠莉安转回去继续面对控制仪器,"也不是我搭他们上船的。"

"这话什么意思?那是谁搭他们上船的?"

"飞船。"

"什么?"

"就是这艘飞船,它自己干的。"

"什么?"

"在我们处于不可能性引擎驱动状态下的时候。"

"不可思议。"

"不,赞法德。只是非常不可能而已。"

"呃,好吧。"

"听说我,赞法德,"翠莉安拍拍他的胳膊,"别担心那些外星人了。我猜只是随便两个什么家伙而已。我这就派机器人去把他们带上来。喂,马文!"

角落里的机器人突然抬起脑袋,但随即微不可察地晃了晃。机器人慢慢起身,看它的动作,你会觉得它比实际重量还要重五磅左右。然后,机器人开始穿过驾驶舱,外部观察者会觉得他为此付出了九牛二虎之力。机器人在翠莉安面前停下,视线径直穿透她的左肩。

"我认为有必要让你知道,现在我非常郁闷。"机器人说,这是一个低沉而绝望的声音。

"噢,天哪。"赞法德嘟囔道,一屁股坐下。

"很好,"翠莉安用明快而富有同情心的声音说,"有个差使可以供你消磨时间,免得你的脑袋东想西想。"

"不会管用的,"马文用单调而低沉的声音说,"我的脑袋大得你都没法想象。"

"马文!"翠莉安警告道。

"好吧好吧,"马文说,"请问要我干什么?"

"去下面的二号入口舱,把两个外星人带上来接受监管。"

马文停顿了百万分之一秒,用经过精细计算后微调过的音调和音色(但听者肯定不会觉得受到了冒犯),把他感受到的巨大侮辱和震惊传达给人类。

"就这样?"他说。

"是的。"翠莉安斩钉截铁地说。

"我不会有任何乐趣的。"马文说。

赞法德从座位上一跃而起。

"她又没有请你享受乐趣,"他叫道,"你就去做吧,行不行?"

"好吧,"马文的声音像是在敲一口破钟,"我这就去。"

"很好……"赞法德吼道,"非常好……谢谢……"

马文转过身,抬起一双通红的倒三角眼看着他。

"我没有惹你心情不愉快吧?"他哀怨地说。

"不,没有,马文,"翠莉安轻松活泼地说,"一切都很好,真的……"

"要是我惹得你心情不愉快,我会很难过的。"

"没事,别担心这个,"轻松活泼的语调还在继续,"你该怎么做就怎么做,一切都会好的。"

"你确定你不介意?"马文追问道。

"完全不,马文,"翠莉安轻松活泼地说,"一切都很好,真的……人生嘛,总免不了这种时候。"

马文丢给她一个电子眼神。

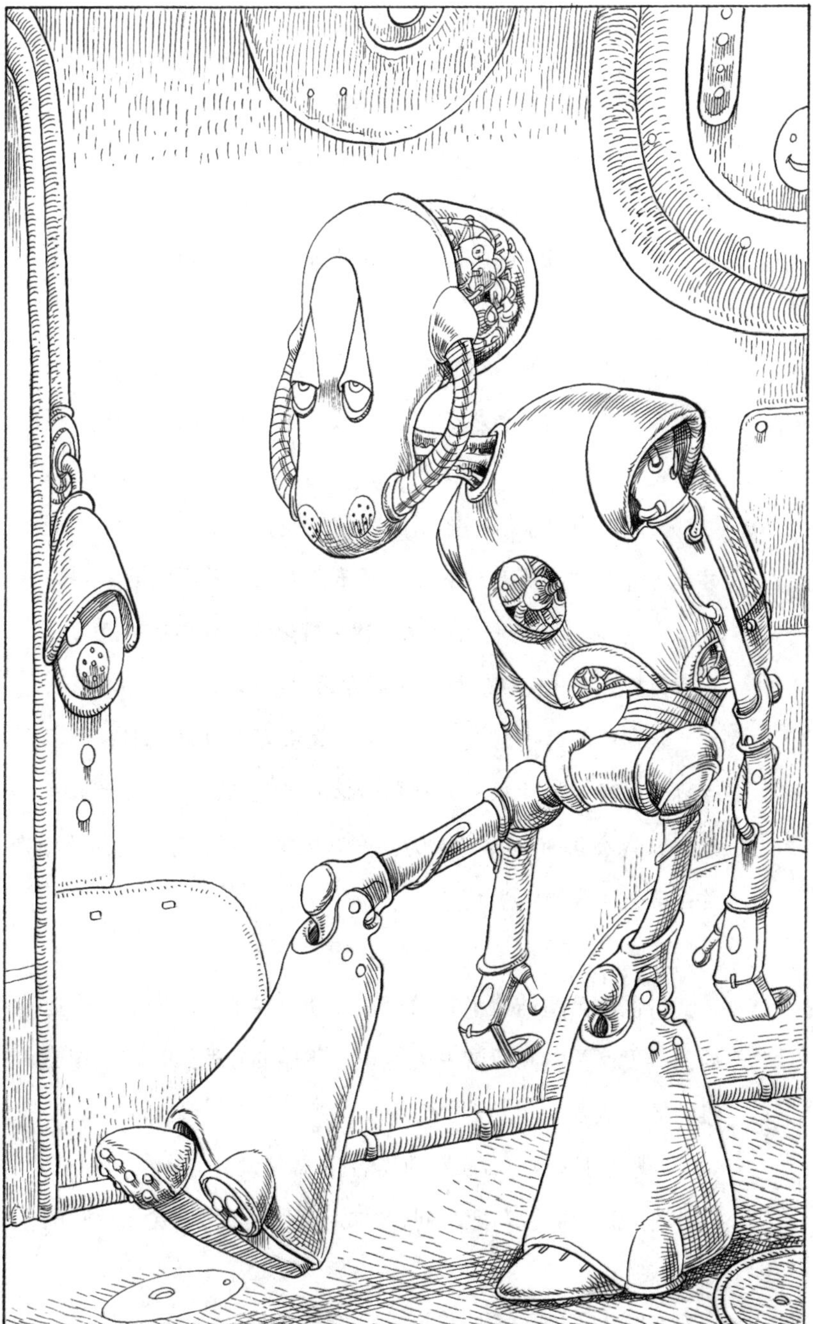

"人生，"马文说，"别跟我谈什么人生。"

他绝望地转过去，拖着身体走出控制舱。门在他身后徐徐关闭，心满意足地哼哼了一声，最后咔哒一声关紧。

"赞法德，我再也受不了那个机器人了。"翠莉安咆哮道。

按照《大银河系百科全书》的定义，机器人是设计用来代替人类工作的机械装置。按照天狼星控制系统公司市场部的定义，机器人是"你的塑料好伙伴，和TA一起好开心"。

按照《银河系搭车客指南》的定义，天狼星控制系统公司市场部是"一伙无脑混球，等革命开始，首先就会被推到墙根去"。底下还有一条脚注，称编辑部欢迎任何有兴趣的人寄来简历，取代现在这位机器人方面的通讯记者。

非常有趣的事情是，有一册《大银河系百科全书》很幸运地通过时间翘曲从未来千年后落到了现在，其中把天狼星控制系统公司市场部定义为"一伙无脑混球，等革命开始，首先就会被推到墙根去"。

粉色小卧室结束了它的存在周期，猴子大军去了一个更好的维度。福特和亚瑟发现这里是飞船的登船区，一个相当雅致的好地方。

"我觉得这是一艘崭新的飞船。"福特说。

"你怎么知道？"亚瑟问，"你还有什么能测量金属年龄的古怪装置？"

"不，我发现地板上扔了一份促销小册子。上面有很多'宇宙就是你的了'①之类的鬼话。啊哈！快看，我没猜错。"

福特用手指使劲戳其中一页，叫亚瑟过来看。

"上面说：'不可能性物理学取得的伟大突破。引擎达到无限不可能性状态后，飞船会同时经过宇宙中的每一个点。让其他的大国政府嫉妒你吧！'哇，这可是大联盟级的顶尖好货啊。"

福特兴奋地读着飞船的技术规格书，时不时因为他看到的内容而惊讶得倒吸一口凉气，很显然，在他滞留地球期间，银河系的宇航技术取得了长足进步。

亚瑟听了一会儿，他听不懂福特说的大部分话，于是放任意识漫游。他伸出胳膊，手指摸过他不知为何物的电脑阵列的边缘，按下不远处一个控制台上很吸引人的红色大按钮。控制台亮了，显示出一行字："请不要再按这个按钮。"他吓了一跳。

"听我说，"福特还在贪婪地阅读促销小册子，"他们在飞船的控制系统上下了大工夫。'天狼星控制系统公司推出的下

---

① \*\*\* 就是你的了（...can be yours）是常见的促销句式，例如"两万块的音箱，只要五千块就是你的了"（20000 speaker can be yours for just 5000）；下文中的"让其他 \*\*\* 嫉妒你吧"亦然，如"让其他的船夫嫉妒你吧！"（Be the envy of other boaters!）——译者

一代机器人和电脑，带有全新的"真人人"功能。'"

"'真人人'功能？"亚瑟说，"那是什么？"

"上面说是'真正的人类人格'。"

"呃，"亚瑟答道，"听起来很可怕。"

一个声音在他们背后响起："确实如此。"这个声音低沉而绝望，伴随着轻微的金属碰撞声。两人转过身，看见一个可怜巴巴的金属人佝偻着站在门口。

"什么？"两人说。

"很可怕，"马文接过话茬，"非常可怕。彻头彻尾的可怕。最好别碰这个话题。你们看这扇门。"他说着踏进门内。他模仿促销小册子的语气，讥讽回路接入他的语音调节器。"这艘太空船的每一扇舱门都有既欢快又阳光的好性格。能为你打开是它们天大的荣幸，知道任务完成之后，它们又会心满意足地重新关上。"

门在他们背后关上，显而易见，它发出的声音确实拥有心满意足的韵味。

"嗯——唔——嗯——啊！"门说。

马文用冰冷的憎恶眼神看着门，逻辑回路嫌弃地唠唠叨叨，把直接用暴力手段对付门的念头塞给他。更深一层的回路忽然插嘴，说：何必费这个事呢？有什么必要呢？没有任何事情值得你参与其中。更深一层的回路自得其乐地分析门和人形生物脑细胞的原子成分。回路顺便测算了一下附近一立方秒差距①内的氢元素发射水平，以此作为谢幕表演，随后因为无聊再次关闭了自己。机器人转过身，绝望使得他的身体不由自主地抽搐。

"跟我来，"他瓮声瓮气地说，"有人命令我把你们带到舰桥去。这就是我，脑袋比得上一整个星球，而他们却只是叫我带你们去舰桥。你说这份工作能让人满意吗？我反正不满意。"

他转过身，走向他万分憎恨的那扇门。

"呃，不好意思，"福特跟了上去，"这艘飞船属于哪个政府？"

马文不理他。

"瞧着吧，"他嘟囔道，"门又要开了。鬼东西突然产生了一个得意洋洋的气场，真叫人没法忍受，光靠这个我就看得出。"

门再次滑开，发出曲意奉承的轻轻呜咽声，马文跺着脚走出去。

"跟我走。"他说。

福特和亚瑟连忙跟上，门滑回原位，发出悦耳而轻柔的的咔咔声和呼呼声。

---

① 秒差距（parsec）：天文学距离单位，1秒差距等于3.258光年。——译者

"谢谢了，天狼星控制系统公司市场部。"马文说，凄凉地拖着脚步，走进闪闪发亮、伸向前方的弯曲走廊。"他们说，'咱们来制造真正人类人格的机器人吧，'于是拿我做了试验品。我是个人格原型。二位看得出来，对吧？"

福特和亚瑟尴尬地唔唔呃呃，表示没有这回事。

"我恨那扇门，"马文继续道，"我没有惹二位不开心吧？"

"到底是哪个政府……"福特追问道。

"这艘船不属于任何一个政府，"机器人没好气地说，"它被偷了。"

"被偷？"

"被偷？"马文学舌道。

"谁偷的？"福特问。

"赞法德·毕博布鲁克斯。"

福特的脸上顿时精彩纷呈，至少五种截然不同的震惊和讶异表情乱七八糟地堆成一团，正在跨步的左腿似乎突然找不到地板在哪儿了。他死死地盯着机器人，竭力松开彼此纠结的肉膜肌。

"赞法德·毕博布鲁克斯……？"他无力地说。

"对不起，我说错什么了吗？"马文毫不在意地拖着身体向前走。"请原谅我还在呼吸，虽说我根本就不需要呼吸，所以我为什么要浪费口水这么说？唉，天哪，我真的太郁闷了。又是一扇忙着自我满足的门。人生啊！别跟我谈什么人生。"

"有人提过人生这两个字吗?"亚瑟气恼地嘟囔道,"福特,你还好吧?"

福特扭头瞪着他。"那个机器人是不是说了赞法德·毕博布鲁克斯?"他问。

## 12

赞法德在亚以太无线电波段上搜寻他的新闻,喧闹而响亮的枪克①音乐像潮水似的吞没了黄金之心号的船舱。这台收音机很难操作。有很长一段时间,你是通过按钮和旋钮来操纵收音机的。但后来随着科技发展得越来越精密,控制变成了触摸感应式的,用手指轻轻拂过面板就行了;而现在,你只需要朝着收音机的大致方向挥挥手,同时给个念头。这当然省去了调动肌肉的诸多麻烦,但也意味着假如你想一直听同一套节目,就必须一动不动地坐在原处,这就很让人生气了。

赞法德挥挥手,频道再次切换。枪克音乐依然如故,但这次变成了新闻公告的背景音乐。新闻总是要经过大量剪辑,以配合音乐的节律。

---

① 原词为 gunk,模仿"朋克"(punk)。"车库朋克"和虽然也可如此缩写,但考虑到本书成书年代,应与其无关。——译者

"……新闻报道奉献给你在这个亚以太波段上,向全银河系在整点时间播报,"一个声音吱吱喳喳地说唱道,"先向各处的所有智慧生命大大地问声好……向除此以外的所有家伙提个醒,兄弟们,秘诀在于抓起两块石头使劲往一起砸。还有今晚最大的新闻当然是不可能性引擎原型飞船的惊天窃案了,而偷走这艘船的不是别人,正是银河总统赞法德·毕博布鲁克斯本人!所有人都在问同样的问题……赞老大终于发狂了吗?毕博布鲁克斯,泛银河系含漱剂的发明人,前信用诈骗大师,古怪子·加隆比兹曾说他是大爆炸以来最棒的一个'棒',最近被第七次选为'已知宇宙服饰最差的智能生物'……不知道这次他能不能

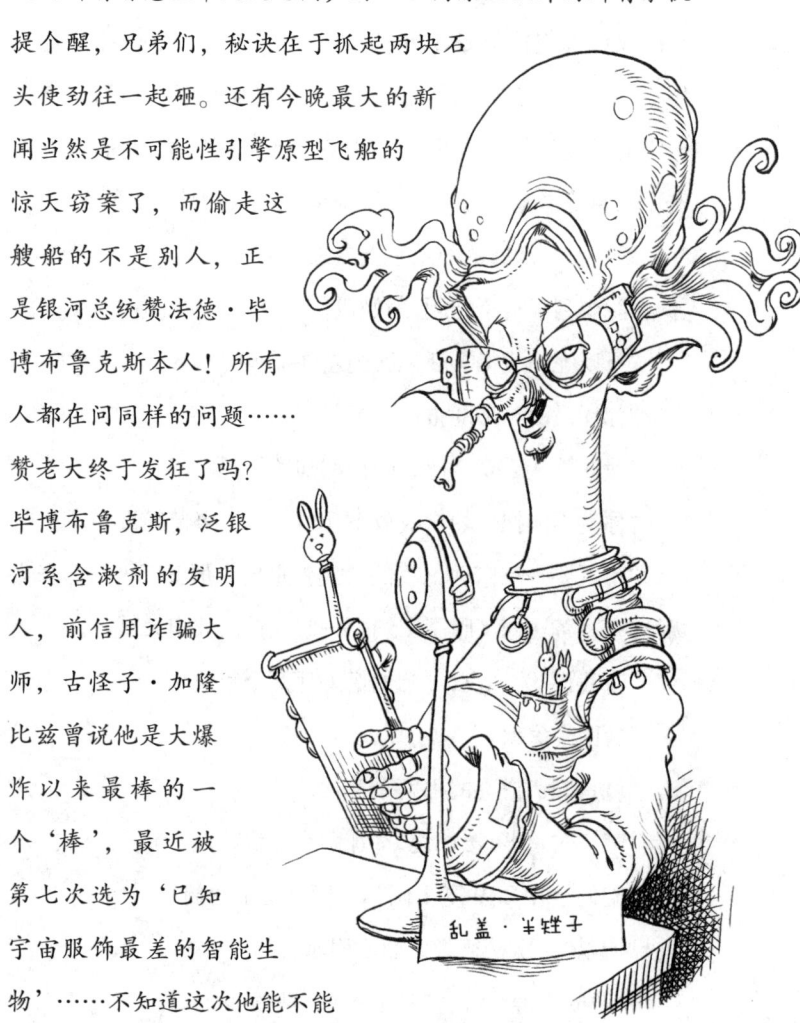

给我们一个答案？我们采访了他的私人脑保健专家乱盖·半矬子……"

音乐回旋缠绕、跌宕起伏了好一阵。另一个声音突然响起，说话者应该就是半矬子。他说，"嗯哪，赞法德奏是介样一人，知道不？"后面说什么就不得而知了，因为一支电子铅笔飞过了收音机的开关感应空域。赞法德转身瞪着翠莉安——铅笔是她扔的。"哎，"他说，"这是为什么？"

翠莉安在满屏幕的数字上点来点去。

"我想到了一个问题。"她说。

"所以呢？值得打断说我的新闻播报吗？"

"你还没听够你的报道吗？"

"我非常缺乏安全感。咱们都知道的。"

"你就不能把你的自我放下几秒钟吗？事情很重要。"

"附近要是有东西比我的自我更重要，那就应该抓起来当场枪决。"赞法德又瞪了翠莉安一眼，然后放声大笑。

"听我说，"她说，"咱们搭上那两个家伙……"

"哪两个家伙？"

"就是咱们搭上的那两个家伙。"

"哦，对，"赞法德说，"那两个家伙。"

"咱们是在 ZZ9 复 Z 阿尔法区域搭上他们的。"

"所以？"赞法德说，眨眨眼睛。

翠莉安平静地说："难道不觉得耳熟吗？"

"唔——,"赞法德说,"ZZ9复Z阿尔法。ZZ9复Z阿尔法?"

"想起来了?"翠莉安说。

"呃……那个Z代表什么?"赞法德问。

"哪个Z?"

"随便哪个。"

翠莉安与赞法德相处的时候遇到了很多难题,其中最大的一个就是要学会分辨赞法德的不同蠢相:是装傻以让别人解除防备;是装傻以省去思考的麻烦,让别人替他思考;是假装傻得无出其右,以掩饰其实不明白到底在发生什么;还是真的确实很傻。他以聪明绝顶而闻名遐迩,他也确实很聪明,然而他并不是每时每刻都聪明,这个缺陷显然让他非常在意,因此他才喜欢装傻。他更愿意让人们觉得他高深莫测,而不是看不起他。这一点在翠莉安眼中尤其傻得出奇,但她早就懒得再和他争辩了。

她叹了口气,在显示屏上调出星图,无论他到底为什么要装傻,翠莉安都希望能帮他省点事。

"这儿,"她指给赞法德看,"就这儿。"

"嘿……对!"赞法德说。

"想起来了?"她说。

"想起什么来了?"

翠莉安的一部分大脑朝着大脑的其他部分尖叫。她非常平静地说:"当初你就是在这个星域搭上了我。"

赞法德看看她,然后又继续看屏幕。

"嘿,对啊,"他说,"但这太离谱了。咱们应该直奔马头星云中央而去才对,怎么跑到这儿来了?我是说,这地方荒凉得鸟不拉屎。"

翠莉安只当没听见最后这句话。

"不可能性引擎,"她耐心地解释道,"你亲口跟我解释过。我们同时穿过宇宙的每一个点,你知道的,对吧?"

"对,但这个巧合也未免太巧了吧?"

"是的。"

"回到同一个点,搭上其他人?宇宙那么大,偏偏选中那个点去搭人?这就太……我必须搞清楚才行。电脑!"

舰载电脑也是天狼星控制系统公司的产品,控制并渗入了飞船的每一个基本粒子,它切换到沟通模式。

"朋友你好!"电脑轻快地说,同时吐出一小截电传纸带,这是为了留下纸面记录。纸带上写着:朋友你好!

"唉,天哪。"赞法德说。他和这台电脑相处还没多久,但已经开始讨厌它了。

电脑飞快地说了下去,语气愉快得像是在卖除垢剂。

"首先我想告诉你,无论你有什么问题,我都是来帮助你解决它的。"

"很好,很好,"赞法德说,"你看,我其实只是想要一张纸。"

"没有问题,"电脑说着把打印出来的话吐进废纸篓,"我明白。如果你还要……"

"闭嘴!"赞法德抓起铅笔,面对屏幕在翠莉安身旁坐下。

"好吧,好吧。"电脑说,像是受到了莫大的伤害,随即再次关闭了语音通路。

赞法德和翠莉安望着不可能性飞行路径扫描仪上悄然闪烁的数字。

"咱们能不能从他们的角度,"赞法德问,"算一算他们获救的不可能性?"

"能,这是个常数,"翠莉安答道,"一比二的二十七万六千七百零九次方。"

"这么高?他们真是够幸运的。"

"对。"

"但相比飞船搭上他们的时候,咱们正在做的事情……"

翠莉安继续操作屏幕上的数据,最后得到的结果是一比二的无穷大次方减一(这个失去理性的数字①仅仅在不可能性物理学中才拥有常规上的意义)。

"真够低的。"赞法德说着轻轻吹了声口哨。

---

① 原词为 irrational number,在数学中是无理数的意思,但 $2^{\infty}-1$ 并不是无理数,仅仅是"丧失理性的数字"而已。——译者

"对。"翠莉安附和道，用眼神询问他。

"说明不可能性引擎全力狂喷了一次。想让所有因素累计出一个像样的结果，损益表上必定会出现什么非常不可能的事情。"

赞法德随便写了几个加总式子，然后顺手划掉，把铅笔扔得远远的。

"蝙蝠屎！我算不清楚。"

"那么？"

赞法德气得咬牙切齿，把两个脑袋撞在一起。

"好吧，"他说，"电脑！"

语音回路又活了过来。

"啊哈，朋友你好！"它说（电传纸带，电传纸带），"我唯一的愿望就是让你过得舒心舒心再舒心……"

"好好，行了，闭嘴，帮我算个东西。"

"没有问题，"电脑叽叽喳喳地说，"你想做的可能性预测是基于……"

"对，不可能性数据。"

"很好，"电脑接着说道，"给你一个很有意思的小提示。你知不知道，电话号码主宰了大多数人的生活？"

赞法德有两张脸，痛苦从其中一张脸爬到另一张脸上。

"你疯了吗？"他问。

"没有，不过你很快就要疯了，因为我要告诉你……"

翠莉安惊叫一声,在不可能性飞行路线显示屏上乱按一气。

"电话号码?"她说,"鬼玩意儿刚才是不是说电话号码?"

几个数字开始在屏幕上闪动。

电脑刚才很有礼貌地停顿片刻,这会儿接着说了下去。

"我正打算说的是……"

"别废话,求你了。"翠莉安说。

"我说,这到底是怎么一回事?"赞法德说。

"我也不知道,"翠莉安答道,"但那两个外星人正跟着倒霉的机器人来舰桥。有哪个监控摄像头能拍到他们的长相吗?"

## 13

马文拖着脚往前走,还在嘀嘀咕咕地抱怨。"然后呢,我整个左半身的二极管当然都疼得厉害……"

"是吗?"亚瑟走在他旁边,冷冰冰地说,"真的?"

"真的,"马文答道,"我请他们帮我更换,可谁也不肯听我说话。"

"我能想象。"

后面隐约传来福特吹口哨和哼歌的声音。"好,好,太好了,"他自言自语道,"赞法德·毕博布鲁克斯……"

马文突然停下,举起一只手。

"你们知道现在要发生什么了,对吧?"

"不知道,怎么了?"亚瑟说,他也不想知道。

"又碰上一扇那种门了。"

通道侧壁上有一扇滑动门。马文怀疑地打量它。

"怎么了?"福特不耐烦地说,"咱们要进这扇门吗?"

"咱们要进这扇门吗?"马文嘲弄地重复道。"当然了。这是舰桥的出入口。他们命令我带你们去舰桥。要是我没猜错,这大概是今天给我的命令里最需要脑子的了。"

他慢慢地走向那扇门,憎恶都快从身上滴下来了,动作像是猎人悄悄摸向猎物。门突然滑开。

"谢谢你,"门说,"让一扇简单的门如此快乐。"

马文胸腔里的齿轮彼此碾磨。

"真有意思,"他像致悼词似的吟诵道,"每当你觉得人生不可能更糟糕了,它就忽然会再给你点颜色看看。"

他拖着身体走进舱门,扔下福特和亚瑟面面相觑,互相耸肩膀。他们听见马文的声音又从里面传来。

"你们现在可以见那两个外星人了,"他说,"你们是希望我回角落里锈成渣,还是就这么站着四分五裂?"

"唉,马文,你就不能把他们带进来吗?"房间里又另一个声音。

亚瑟看看福特,惊讶地发现福特笑成了一朵花。

"这是……?"

"嘘——"福特说,"咱们进去。"

他穿过舱门,走进舰桥。

亚瑟战战兢兢地跟着他走进去,震惊地见到一个男人懒洋洋地躺在椅子里,两只脚翘在控制台上,左手正在给右边的脑袋剔牙,右手的脑袋似乎在一门心思剔牙,而左边的脑袋一脸既放松又冷淡的灿烂笑容。让亚瑟不敢相信自己眼睛的东西多得数不胜数。他有好一会儿忘记了合上嘴巴。古怪的男人朝福特懒洋洋地挥挥手,装模作样的冷淡态度虚假得可怕:"福特,你好,一向可好?很高兴你能来坐坐。"

福特可不打算在酷劲上输给对方。

"赞法德,"他拿腔拿调地说,"很高兴见到你,你看起来气色不错,多出来的胳膊很配你。你偷的这艘船很不错嘛。"

亚瑟的眼珠都快掉出来了。

"你难道认识他?"他抽风般地朝赞法德挥动手指。

"什么叫认识!"福特惊呼,"他是……"他顿了顿,决定换个角度介绍两人认识。

"对了,赞法德,这是我的朋友亚瑟·邓特,"他说,"他居住的行星爆炸时我救了他。"

"哦,了不起,"赞法德说,"你好,亚瑟,很高兴你活了下来。"他右边的脑袋漫不经心地扫了亚瑟一眼,说声"你好",继续专心致志地剔牙。

福特说了下去。"亚瑟,"他说,"这是我的半表哥赞法德·毕博……"

"我们见过。"亚瑟突兀地说。

打个比方,你正在快车道上兜风,漫不经心地超过几辆赶死赶活的车子,对自己相当满意,然后你想从第四车道换到第三车道,结果一不小心径直开到了第一车道,引擎砸穿车头盖飞出去,场面一塌糊涂,这很容易彻底打乱你的步调,对吧？亚瑟这句话对福特·大老爷造成的效果差不多就是这样。

"呃……什么？"他说。

"我说我们见过。"

赞法德开始笨拙地假装惊讶，手一滑，狠狠地扎中了牙龈。

"嘿……呃，我们见过？嘿……呃……"

福特眼中闪过一道怒火，责难地盯着亚瑟。他回到了自己的地盘上，这会儿忽然后悔了，怀疑自己为什么要捎带上一个无知的原始人，一只伊尔福德①的蚊子多么了解北京的生活，亚瑟就多么了解银河系的种种事务。

"你说你们见过是什么意思？"他追问道，"这位是参宿五的赞法德·毕博布鲁克斯，明白吗？又不是克罗伊登来的该死的马丁·史密斯②。"

"这我不管，"亚瑟冷冰冰地说，"但我们见过，对吧？赞法德·毕博布鲁克斯——还是说应该叫你……菲尔？"

"什么！"福特叫道。

"能麻烦你提醒我一下吗？"赞法德说，"我这人对物种的记性很糟糕。"

---

① 伊尔福德（Ilford）：大伦敦地区的一个城镇。——译者
② 马丁·史密斯（Martin Smith）是作者在剑桥大学时的好朋友。——译者

"是在一场派对上。"亚瑟继续道。

"是吗,呃,我很怀疑。"赞法德说。

"别乱说了,亚瑟,求求你!"福特吼道。

亚瑟没有被吓住。"六个月前的一场派对。地球……英格兰……"

赞法德皮笑肉不笑地摇头。"伦敦,"亚瑟不肯放过他,"伊斯林顿。"

"哦,"赞法德愧疚地惊叫道,"那场派对!"

福特觉得这件事太难以接受了。他扭头看看亚瑟,再扭头看看赞法德。"什么?"他对赞法德说,"你不会是想说你也去过那个倒霉的小星球吧?"

"不,当然没有,"赞法德轻快地说,"好吧,我也许稍微停过一下,你明白的,在去哪儿哪儿的路上……"

"但我在那个鬼地方困了十五年!"

"呃,我又不知道——还是我知道?"

"你去那儿干什么?"

"四处看看呗,你知道的。"

"他未经邀请闯进一场派对,"亚瑟愤怒得直哆嗦,"是个化装舞会……"

"那倒肯定是的,对吧?"福特说。

"派对上,"亚瑟继续道,"有个姑娘……唉,算了,现在也不重要了。整个星球反正都炸成灰了……"

"你就别为你该死的星球哭丧了行不行?"福特说,"那位女士是谁?"

"哦,就是个姑娘呗。好吧,说实话,我和她相处得不太好。我千方百计搭讪了一整个晚上。活见鬼,但她确实值得花功夫。漂亮,有魅力,聪明得没话说,不过我总算让她注意到我,好不容易才撬开了她的嘴巴,这时候你的朋友突然冲上来,一开口就说:'喂,美妞儿,这家伙让你觉得很没劲对吧?不如来和我聊聊吧。我完全来自另一个星球。'然后我就没再见过她了。"

"赞法德?"福特叫道。

"就是他,"亚瑟怒视着赞法德,尽量不让自己觉得傻乎乎的,"他自称菲尔的时候只有两条胳膊和一个脑袋,不过⋯⋯"

"但你必须承认,事实上他确实来自另一个星球。"翠莉安在舰桥另一头走进视野。她朝亚瑟愉快地笑了笑,这个笑容像一顿砖头似的砸在亚瑟脸上,她随即又把注意力转回飞船的控制系统上。

长达数秒的沉默过后,几个字终于从亚瑟乱如炒蛋的脑子里爬了出来。

"翠西亚·麦克米兰?"他说,"你在这儿干什么?"

"和你一样,"她说,"搭顺风船。说真的,一个数学学位和一个天体物理学学位,你说我还能干什么呢?要么是这个,要么回去每周一排队领救济金。"

黄金之心号

"无穷大减一,"电脑说,"不可能性求和已结束。"

赞法德看了一圈周围,先看福特,然后是亚瑟,最后翠莉安。

"翠莉安,"他说,"每次使用不可能性引擎都会发生这种事情吗?"

"很抱歉,非常有可能。"她说。

## 14

黄金之心号换用常规的光子引擎驱动，默默穿过永夜的宇宙空间。四名船员的心里都很不是滋味，因为他们明白了过来：让他们聚在一起的并不是自由意志或纯粹的巧合，而是物理学的某种变态行径——就好像支配原子和分子的法则也适用于人与人之间的关系。

船上的人工黑夜渐渐降临，他们都松了一口气，各自返回卧舱，尝试用理性整理脑子里的念头。

翠莉安睡不着。她坐在沙发上，盯着一个小笼子，笼子里是她和地球仅剩下的最后联系——两只小白鼠，这还是她坚持让赞法德允许她带上的。她原以为再也不会见到那颗行星了，但得知地球已经毁灭所造成的负面反应还是让她不知如何是好。这个事实感觉起来异常陌生和不真实，她找不到任何思路去思考它。她望着小白鼠在笼子里乱窜，在塑料跑步机上奔跑，直到它们最终吸引了她所有的注意力。她突然清醒过来，回到舰桥，望着闪烁的小灯和数字指引飞船穿越虚空。她真希望知道自己尽量不去思考的东西是什么。

赞法德睡不着。他也想知道他不肯让自己去思考的事情是什么。在他能回忆起来的所有时间里,有什么事情很不对劲的感觉一直纠缠着他。大多数时候,他能把这个念头推到一旁,不去浪费精神琢磨它,然而福特·大老爷和亚瑟·邓特难以解释的突然到来重新唤醒了这个念头。不知为什么,这件事似乎符合他目前还看不清楚的某种模式。

福特睡不着。重新上路让他兴奋得难以自制。被字面意义地囚禁了十五年,而就在他即将放弃希望的时候,居然就这么获救了。和赞法德到处跑意味着预示着数不尽的快乐,然而他的半表哥隐约有点不太对劲,但他也说不清楚究竟是哪儿不对劲。他当上了银河系总统,这已经够让福特吃惊了,而他擅离职守的方式,更是让福特震惊。背后有什么缘由吗?问赞法德是毫无意义的,他做的所有事情从表面上看都没有理由可言:他把不可预测活成了一门艺术。他会突然扑向生活中的一切,态度

翠莉安的老鼠

中混杂了无可比肩的天赋和不假思索的弱智，你往往很难辨别到底哪个是哪个。

亚瑟在睡觉：他累得够呛。

有人敲了敲赞法德的门。门轻轻滑开。

"赞法德……？"

"怎么？"

椭圆形的光团勾勒出翠莉安的轮廓。

"我认为我们找到你来找的东西了。"

"咦，是吗？"

福特放弃了睡觉的念头。卧舱角落里有个带键盘的小型电脑屏幕，他在屏幕前坐下，尝试为《银河系搭车客指南》编写沃贡人主题下的新条目，但想来想去想不到足够刻薄的句子，最后他放弃了这个念头，穿上睡袍，出门去舰桥溜达。

他走进舰桥，惊讶地发现有两个人兴奋地趴在各种仪器上。

"看见了吗？飞船要进入环绕轨道了，"翠莉安说，"那儿有一颗星球。完全符合你的预测。"

赞法德听见响动，抬起头来。

"福特！"他咬着牙说，"哎，快过来看看这个。"

福特走过去，赞法德要他看的是屏幕上闪烁的一串数字。

"这个银河系坐标眼熟吗?"赞法德说。

"不。"

"给你提示一下。电脑!"

"大家好!"电脑兴高采烈地说,"真是越来越热闹了,你们说呢?"

"闭嘴,"赞法德说,"放到屏幕上去。"

舰桥的灯光即刻变暗。显示屏上,针尖般的光点一阵乱闪,照在四双眼睛上,他们在看外部监视器传回来的图像。

显示屏上什么都没有。

"认出来了?"赞法德悄声说。

福特皱起眉头。

"呃,没有。"他答道。

"你看见什么了?"

"什么也没看见。"

"那还没认出来?"

"你到底想说什么?"

"我们在马头星云里。一整团巨大的乌云。"

"你指望我从黑屏上认出这个来?"

"全银河系,只有在黑暗星云内部,你才会在显示屏上见到黑屏。"

"说得好。"

赞法德哈哈大笑。某些事情显然使得他非常激动,说是激动得像个孩子都行。

"哎,这真的太有意思了,太他妈了不起了!"

"陷在尘埃星云里到底有什么了不起的?"福特说。

"你认为你能在这儿找到什么?"赞法德追问道。

"什么都找不到。"

"找不到恒星?也找不到行星?"

"找不到。"

"电脑!"赞法德喊道,"旋转视角一百八十度,还有,给我少说两句!"

刚开始,显示屏上似乎毫无变化,但很快,一团亮光出现在巨大屏幕的一角。一颗小碟子大的红色恒星爬过屏幕,另一颗恒星在它背后亦步亦趋——双星系统。然后,一轮硕大的新月从同一个角落切进画面——深黑色阴影挡住了熊熊燃烧的红色烈焰,视角来自一颗行星上正值夜晚的那一侧。

"我找到了!"赞法德叫道,猛拍控制台,"我找到了!"

福特惊愕地盯着画面。

"找到什么了?"他说。

"找到了……"赞法德说,"有史以来最不可能存在的那颗行星。"

15

（摘自《银河系搭车客指南》，第634784页，5a小节。条目：玛格里西亚）

半人马座阿尔法星毛茸茸的小生物

在远古时代的迷雾深处，旧银河帝国伟大而辉煌的时代，生活是狂野和富足的，而且基本上没人纳税。

强大的星舰在异星之间开辟道路，前往银河系空间最遥远的角落，追寻冒险和财富。在那个时代，精神是勇敢的，赌注是高昂的，男人是真正的男人，女人是真正的女人，半人马座阿尔法星毛茸茸的小生物是真正的半人马座阿尔法星毛茸茸的小生物。所有人都勇于面对未知的恐惧，创造伟大的功业，大胆地分裂从没有人分裂过的不定式①——帝国于是应运而生。

当然有许多人变得极其富有，这是自然而然的事情，没什么好羞愧的，因为不存在真正的穷人了——反正值得一提的人都不穷。而对于最有钱和最成功的商人来说，生活不可避免地变得非常无聊和烦闷，他们不禁开始认为，一切都是他们所居住的世界的错。他们没有谁完全满意：要么嫌后半段的气候不够好，要么觉得白天长了半个小时，要么是大海呈现出的粉色刚好不合心意。

这就为一个令人惊愕的特种产业创造出了生存条件。产业名叫豪华星球定制建造，总部位于行星玛格里西亚。超空间工程师在这里通过太空白洞汲取物质，注入一个个梦幻星球——黄金星球、铂金星球，还有动辄地震的软橡胶星球，造出来的每一个星球都经过精雕细琢完全满足银河系头等阔佬自然要秉持的苛刻标准。

但这门生意过于成功，玛格里西亚很快变成了有史以来

---

① 此句戏仿《星际迷航》（Star Trek）的口号"大胆地去往从未有人去过的地方"（to boldly go where no man has gone before）。另外一方面，此口号本身就是一个著名的分裂不定式（split infinitive），即在不定式符号 to 和动词原形之间插入一个副词，这个语法现象在英国人看来非常不规范。——译者

最富足的星球，而银河系的其他区域则渐渐败落，直至赤贫。经济体系随即崩溃，帝国因此解体，十亿个饥馑星球陷入了漫长而阴郁的沉默年月，唯有学者就计划政治经济之价值熬夜书写自鸣得意的无聊论文时，笔尖刮擦纸张的声响才会打破这份寂静。

玛格里西亚本身消失得无影无踪，记忆很快变成隐晦的传奇。

而现在民智已开，人们连一个字都不肯相信这些传奇了。

## 16

争论吵醒了亚瑟，于是他也走进舰桥。福特正在胡乱挥舞手臂。

"你疯了，赞法德，"他说，"玛格里西亚是神话，是奇幻，是想让孩子长大后当经济学家的父母讲的床边故事，是……"

"但咱们这会儿正绕着它转呢。"赞法德坚持道。

"你乐意绕着什么转就绕着什么转好了，"福特说，"但飞船……"

"电脑！"赞法德叫道。

"喂，别……"

"大家好！这里是埃迪，我是你们的舰载电脑，弟兄们，我感觉好得不能再好了，而且还知道无论你们要用我运行什么程序，都会让我得到好多好多的刺激。"

亚瑟困惑地望向翠莉安。她示意亚瑟进来，但保持安静。

"电脑，"赞法德说，"给大家说说飞船当前的轨道。"

"乐意之至，我的朋友，"电脑说得像是在开机关枪，"我们此刻正在距地面三百英里的轨道上绕传奇星球玛格里西亚飞行。"

"什么也证明不了,"福特说,"破电脑就算给我量体重我都不会相信。"

"我当然能帮你量体重,"电脑一边说,一边热心地打印纸带,"如果你愿意,我甚至能解出你的人格问题,精确到小数点后十位。"

翠莉安打断电脑的话头。

"赞法德,"她说,"我们随时都会转进这颗星球的昼面,"她想了想,又说,"先不管这到底是什么星球。"

"喂,你这话是什么意思?这颗星球难道不在我预测的位置上吗?"

"对,我知道你预测的位置上有颗星球。我没兴趣和任何人争论,但对我来说,玛格里西亚和任何一块冷冰冰的岩石都是一样的。好了,要是你有兴趣知道的话,黎明就在前方了。"

"好吧,好吧,"赞法德嘟囔道,"至少让咱们的眼睛享受享受吧。电脑!"

"大家好!有什么我能……"

"给我闭嘴,再让我们看看那颗星球。"

黑黢黢的单调画面再次充满屏幕——那颗星球在飞船底下缓缓转动。

他们默默地看了几秒钟,赞法德兴奋得难以自制。

电脑埃迪

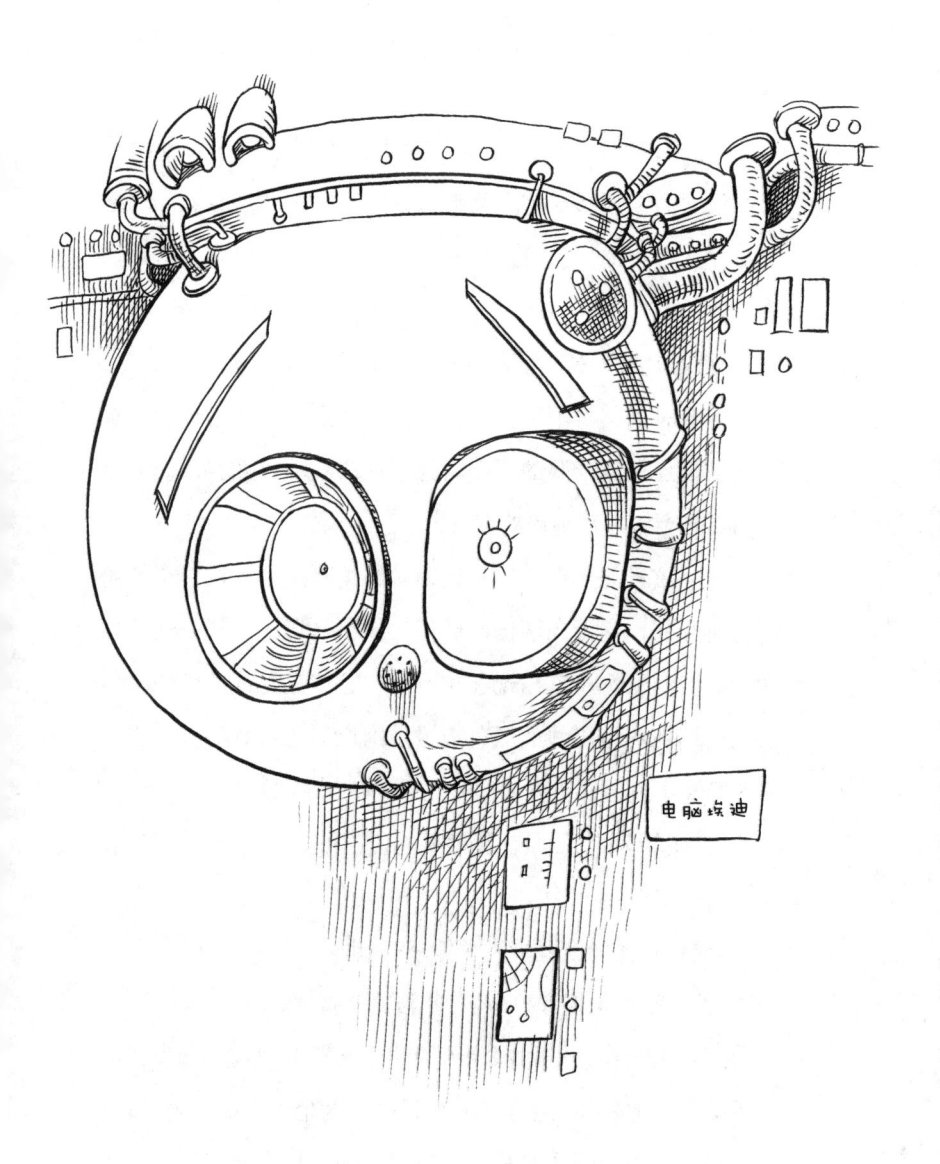

"我们正在跨越夜面……"他刻意压低了声音。星球继续转动。

"这颗星球的地表就在我们底下三百英里……"他继续道。他竭力重新塑造这个伟大时刻应该具有的场合感。玛格里西亚！福特的怀疑惹得他非常生气。玛格里西亚，这是玛格里西亚啊！

"再过几秒钟，"他继续道，"我们就要看见……来了！"

这个时刻其实不需要任何解说。见到太空日出这么壮观的场面，连最有经验的星际旅行家也会激动得发抖，而双星日出更是全银河系难得的奇景。

一个炫目的光点突然刺破绝对的黑暗。光点以极小的角度冉冉升起，逐渐向两侧伸展，化作新月形的薄刃。还不到几秒钟，两颗恒星就出现在视野内，它们是光线的熔炉，用白色火焰烧灼地平线的黑色边缘。绚烂的色彩犹如许多支长矛，刺穿了飞船底下稀薄的大气层。

"黎明的火焰！"赞法德敬畏地说，"这是双星索连尼斯和拉姆……！"

"或者其他什么恒星。"福特平静地说。

"就是索连尼斯和拉姆！"赞法德坚持道。

两颗恒星在太空的深渊中闪耀，舰桥上回荡起闹鬼时的低沉配乐，那是马文在讥讽地哼歌，因为他太讨厌人类了。

福特望着眼前由光构成的奇景，内心燃烧起了激动的火焰,然而仅仅是看见一个陌生行星的那种兴奋。对他来说,光是看看它本来的模样就够了。他心里有点生气,因为赞法德居然非要给这幅景象添加一些愚蠢的幻想,否则他就觉得不够带劲。玛格里西亚之类的胡说八道实在太幼稚了。难道见到一个美丽的花园还不够,必须相信里面还有小精灵跑来跑去才行吗?

亚瑟完全不明白玛格里西亚究竟是怎么一回事。他凑近翠莉安,问她这是在干什么。

"我只知道赞法德告诉我的事情。"她压低声音说,"听起来,玛格里西亚是很久以前的传奇故事,没人真的相信。有点像地球上的亚特兰蒂斯,不过按照故事里的说法,玛格里西亚人能够制造整颗的行星。"

亚瑟冲着屏幕眨了一会眼睛,觉得他漏掉了什么特别重要的东西。他突然想到了那是什么。

"飞船上有茶喝吗?"他问。

黄金之心号继续沿环绕轨道运行,这颗行星的更多面貌展现在他们脚下。两颗恒星高挂黑色天空之中,辉煌灿烂的日出已经结束,行星表面在正常的阳光下显得贫瘠而令人生畏——灰蒙蒙的,积着厚厚的尘土,地面很少有起伏:看上去死气沉沉,冷冰冰的,就像墓穴。远处的地平线上时而浮现出让人燃起希望的轮廓——沟壑,也许是山峰,甚至也许是城市——但到了近处,线条总会渐渐软化,融入毫无特征的环境,他们没有发现任何东西。漫长的时间和缓慢流动的空气已经磨平了这颗行星的表面,迟滞的空气虽然稀薄,却在地表爬行了无数个世纪。

很显然,这颗行星非常、非常古老。

福特望着在脚下移动的灰色地貌,一时间也不敢确定了。时间的漫长程度搅得他心头阵阵不安,他能感觉到时间犹如实物般的存在。福特清清嗓子。

"呃,即便假设它是……"

"肯定是。"赞法德说。

"其实并不是,"福特继续道,"你又打算怎么样呢?这里什么都没有。"

"地表上什么都没有。"赞法德说。

"好吧好吧,就算确实有什么好了,我猜你来这儿不会仅仅是为了产业考古。你到底在找什么?"

赞法德的一个脑袋转开视线,另一个脑袋连忙跟着去看前一个脑袋在看什么,但前一个脑袋其实没有真的在看任何东西。

"好吧,"赞法德轻描淡写地说,"一部分是好奇心,一部分是冒险感,但我觉得主要是名声和金钱……"

福特向他投去尖锐的视线。他强烈怀疑赞法德根本不知道他为什么要来这儿。

"说真的,我非常不喜欢这颗星球的样子。"翠莉安打了个寒战。

"啊哈,别在意,"赞法德说,"旧银河帝国的一半财富就藏在底下的某个地方,它花得起钱,能把自己打扮得这么不起眼。"

胡说八道,福特心想。就算假设这里曾是某个古老文明在化为尘埃前的家园,就算假设了许许多多非常不可能的前提,就算有一笔巨大的财富以某种方式藏在底下某个地方,但到了今天,它也不可能存在任何意义了。他耸耸肩。

"我觉得这就是一颗死亡星球。"他说。

"悬念都快把我吊死了。"亚瑟暴躁地说。

压力和紧张如今在银河系的各个地区都构成了严重的社会问题,为了避免让情况继续恶化,作者决定提前泄露以下事实。

他们眼前的这颗行星确实就是传说中的玛格里西亚。

古老的自动防御系统很快就会发射致命的导弹,但造成的损害不过是打破了三个咖啡杯和一个老鼠笼子,给一条前臂留下淤青,以及一盆牵牛花和一条无辜的抹香鲸不合时宜的创生和突如其来的死亡。

为了保留适当的神秘感,作者暂时不打算公布淤青到底在谁的前臂上。这项事实可以很好地构成悬念主体,因为反正也没什么要紧的。

## 17

战战兢兢地熬过了黎明之后,亚瑟的头脑终于开始自我修复,昨天的各种变故把他的意识炸成了一堆碎渣。他找到一台自动营养机,得到了满满一塑料杯几乎彻底不是但又不尽然不像是茶的液体。它的工作过程非常有意思。你按下"饮料"按钮,机器会立刻详细检查你的味蕾,然后对你的新陈代谢系统做光谱分析,接下来沿着神经通路向你大脑的味觉中枢输送微弱的试验性信号,看你更容易把什么东西咽下去。但没人知道它为什么要做这些事情,因为它提供的永远是满满一杯几乎彻底不是但又不尽然不像是茶的液体。自动营养机由天狼星控制系统公司设计并制造,公司的投诉处理部门已经占据了天狼星τ星系前三颗行星的大部分陆地。

亚瑟喝下液体,发现精神头回来了。他再次抬头望向屏幕,看着又是几百英里贫瘠的灰色土地掠过画面。他忽然想了起来,问出那个一直让他感到不安的问题。

"安全吗?"他说。

"玛格里西亚已经死了五百万年，"赞法德说，"当然很安全。这么长的时间，连鬼魂都安顿下来成家立业了。"

话音刚落，一个不知从何而来的怪异声音突然响彻舰桥，它有点像遥远的号曲，空洞、绵长而纤弱。接下来的说话声也同样空洞、绵长而纤弱。它说："欢迎各位……"

有人在已经死亡的星球上对他们说话。

"电脑！"赞法德叫道。

"大家好！"

"这他光子的是什么？"

"哦，五百万年前的录音，正在对我们广播。"

"什么？录音？"

"闭嘴！"福特说，"它还没说完呢！"

说话的是个彬彬有礼的老人，甚至称得上有魅力，但暗含着你不会误解的威胁。

"这是一段录音声明，"那声音说，"我很抱歉，主人目前都不在家。玛格里西亚商业委员会感谢您拨冗前来……"

（"这声音来自古老的玛格里西亚！"赞法德叫道。"好吧，好吧。"福特说。）

"……但非常遗憾，"声音继续道，"我们整颗星球都暂时闭门歇业了。谢谢您的关注。要是愿意，请在信号音后留下姓名和能与您取得联系的星球上的地址。"

接下来是滴的一声，然后是寂静。

"他们想赶走咱们,"翠莉安紧张地说,"怎么办?"

"只是一段录音而已,"赞法德说,"继续前进。电脑,听见了吗?"

"电脑收到。"电脑说,又给飞船来了个加速度。

他们等待着。

过了一秒钟左右,号曲再次响起,随后是说话声。

"我们愿意向您保证,一旦我方恢复营业,必定会在各种流行杂志和彩色增刊上刊登声明,允许客户从最优秀的当代地貌中选择心头所爱。"声音里的威胁换上了更锐利的锋刃。"另外一方面,虽然感谢客户对我们的诚挚热爱,但我们必须要求您立刻离开。"

亚瑟扫视同伴们紧张的表情。

"呃,我看咱们是不是该走了?"他提议道。

"闭嘴!"赞法德说,"没有什么值得担心的。"

"那你们为什么都这么紧张?"

"他们只是很感兴趣而已!"赞法德叫道,"电脑,开始进入大气层,准备降落。"

这次的号曲非常敷衍了事,说话声则分外冷酷。

"看来贵方对我们星球的热忱丝毫不减,"声音说,"这一点确实令人感动,因此我们想向诸位保证,此刻锁定贵方飞船的导弹是我们向最热情的客户奉上的特别服务,导弹装载的核弹头当然只是出于礼貌的小小敬意。希望你们下辈子还能找我们定制星球……谢谢。"

声音戛然而止。

"喔。"翠莉安说。

"呃……"亚瑟说。

"嗯?"福特说。

"哎,"赞法德说,"你们还当真了不成?只是录音留言而已。几百万年的事情了。又不是针对咱们的,明白了吗?"

"那么,"翠莉安平静地说,"导弹怎么办呢?"

"导弹?别逗我笑了!"

福特拍拍赞法德的肩膀,请他看背后的显示屏。飞船后方的远处,两个银色物体正在迅速爬升,穿过大气层朝他们而来。镜头的放大倍数立刻改变,给了它们一个特写——两具真得不能再真的火箭正轰鸣着刺穿天空。事出突然,他们都被吓呆了。

"我看他们是真的想干掉咱们呢,"福特说。

赞法德惊讶地瞪着导弹。

"哎,太棒了!"他说,"底下有人想弄死咱们!"

"真棒。"亚瑟说。

"但你们难道不明白这说明什么吗?"

"知道,咱们快死了。"

"对,但除此之外呢?"

"除此之外?"

"说明咱们肯定是上车了!"

"但什么时候能下车呢?"

时间一秒一秒过去,导弹在画面里变得越来越大。它们掉了个头,走上直线归航航线,因此屏幕里只能看见核弹头,而且是正对飞船而来的核弹头。

"有个问题我想请教一下,"翠莉安说,"咱们怎么办?"

"保持冷静。"赞法德说。

"没别的了?"亚瑟叫道。

"不,同时咱们还要……还要……呃……采取规避行动!"赞法德突然恐慌起来,"电脑,飞船能采取什么规避行动?"

"呃,很抱歉,什么也不能。"电脑说。

"总有什么吧,"赞法德说,"……呃……"他说。

"有东西阻塞了我的导航系统,"电脑愉快地解释道,"撞击前四十五秒。如果能帮助你放松一下的话,请叫我埃迪好了。"

赞法德企图同样毅然地同时跑向好几个方向。"对了!"他说,"呃……我们必须手动控制飞船。"

"你会驾驶吗?"福特愉快地问。

"不会,你呢?"

"也不会。"

"翠莉安,你会吗?"

"不会。"

"很好，"赞法德开始放松了，"那咱们一起来。"

"我也不会，"亚瑟觉得轮到他来表现一下权威了。

"我猜到了，"赞法德说，"很好，电脑，我要全面手动控制。"

"给你。"电脑说。

几块宽阔的台面于是滑开，一排排控制台从里面弹了出来。聚苯乙烯包装物和赛璐玢小球像下雨似的洒在他们身上：这些控制台从来没有使用过。

赞法德瞪着它们，眼神狂野。

"很好，福特，"他说，"全力反向制动，右舷十度转舵。或者……"

"弟兄们，祝大家好运气，"电脑叽叽喳喳地说，"撞击前三十秒……"

福特健步冲到控制台前，能一眼就看懂用途的控制器寥寥无几，于是他挨个拉了一把。飞船又是震颤，又是尖啸，控制方向的火箭喷射器企图同时朝所有方向推动飞船。他松开一半拉杆，飞船以极小的弧度掉头，朝着来路扑向来袭的导弹。

众人被甩向墙壁，气垫立刻从墙里弹出来。接下来的好几秒钟，惯性压得他们动弹不得，只能蠕动着竭力呼吸。赞法德使劲挣扎，疯狂地猛推舱壁，最后终于飞起一脚，踢中了导航系统中的一根小控制杆。

控制杆从中折断。飞船一个急转弯，加速飞向太空。众人被抛向船舱尾部。福特的《银河系搭车客指南》砸在另一部分控制台上，得到的结果有两个：尽管这会儿没人有兴趣了解，但《指南》开始解释你该怎么走私心宿二长尾鹦鹉的生殖腺（把心宿二长尾鹦鹉的生殖腺插在一根小棍上，这个鸡尾酒装饰品非常恶心，却极受欢迎，很多有钱白痴愿意花一大笔钱买这东西，只是为了给其他的有钱白痴留下深刻印象），而飞船突然像石头似的从天空中坠落。

当然了，差不多就是在这个时刻，他们某个人的前臂被撞出了好大一块淤青。之所以必须强调一下这个细节，是因为正如前面已经剧透过的，除此之外，他们毫发无损地逃脱了这场危机：致命的核导弹最终并没有击中飞船，乘客们的安全得到了百分之百的保障。

心宿二长尾鹦鹉

"弟兄们,撞击前二十秒……"电脑说。

"还不快重新发动该死的引擎!"赞法德咆哮道。

"好的,交给我了。"电脑说。随着轻微的轰鸣声,引擎重新发动,飞船停止下坠,流畅地转为平飞,再次扑向来袭的导弹。

电脑开始唱歌。

"当你在风暴中前行……"电脑带着鼻音哀唱,"请高昂起你的头……①"

赞法德尖叫起来,命令电脑闭嘴,但众人眼看末日逼近时的吵闹声淹没了他的叫声。

"不要……畏惧……黑暗!"埃迪嚎啕高唱。

正在平飞的黄金之心号在拉平时颠倒了船身,此刻天花板在脚下天花板,因此他们不可能摸到导航系统。

"风暴过后……"埃迪深情咏唱。

两颗导弹轰鸣着冲向飞船,在屏幕上显得无比巨大。

"就是金色的天穹……"

出于超级幸运的巧合,导弹还没来得及根据胡乱摇摆的飞船修正飞行路径,因此只是擦着船身从下方掠过。

"'还有云雀甜美的歌声……'朋友们,经过重新计算,

---

① 著名福音歌曲《你将永不独行》(You will never walk alone)。——译者

撞击前十五秒……'在风中走下去……'"

导弹侧向倾斜，呼啸着掉头，紧追不舍。

"就这样了，"亚瑟望着导弹说。"咱们这是死定了，对吧？"

"能不能别说这种丧气话！"福特叫道。

"好吧，但咱们逃不掉了，对吧？"

"对。"

"在雨里走下去……"埃迪还在唱。

亚瑟突然有了个想法，他挣扎着爬起来。

"为什么不发动那个什么不可能性引擎？"他说，"咱们应该能摸到它。"

"你疯了吗？"赞法德说，"不编好正确的程序，什么都不会发生！"

"到了现在，难道还有区别吗？"亚瑟喊道。

"尽管梦想会经历风雨摧残……"埃迪唱得起劲。

亚瑟爬到弯曲的舱壁与天花板相接的地方，站上一个浇铸出来的令人兴奋的矮粗物体。

"走下去，走下去，希望在你的心中……"

"有谁知道亚瑟为什么不该发动不可能性引擎吗？"翠莉安喊道。

"而你将永远不会独行。撞击前五秒钟，朋友们，很高兴认识各位，上帝保佑……你将永远……不会……独……行！"

"我说,"翠莉安叫道,"有谁知道……"

接下来发生的是一场爆炸,巨响和强光足以摧毁人的心智。

## 18

下一个瞬间,黄金之心号极其正常地继续飞行,但内部空间经过了重新设计,显得颇为引人入胜。船舱不知怎的变大了,色调换成了优雅粉绿色和粉蓝色;正中央是不通向任何地方的旋转楼梯,一丛蕨类植物和黄色花朵环绕楼梯,旁边是石雕的日冕基座,主电脑终端摆在上面。布置巧妙的照明灯和镜子创造出的幻象,让你觉得自己站在温室里,俯瞰经过精心修剪的宽阔花园。温室周围陈列着大理石台面的桌子,铸铁桌腿上的精致花纹美轮美奂。你盯着抛过光的大理石台面看,电子仪器的模糊轮廓随即浮现;你伸手去摸,设备立刻在指尖下化为实体。从特定的角度望过去,你会发现镜子反射出你需要的所有读数,不过没人知道读数到底是从哪儿反射来的。简而言之,舰桥现在美得动人心魄。

赞法德·毕博布鲁克斯懒洋洋地躺在柳编日光椅上:"到底发生了什么?"

"呃,我刚才正在说,"靠坐在小鱼池旁的亚瑟说,"不可能性引擎的开关就在这儿……"他指了指开关原先的位置,那儿现在是一盆绿植。

"但这是哪儿呢?"福特坐在旋转楼梯上,手里的泛银河系含漱爆破剂冰得恰到好处。

"我觉得其实还在原处……"翠莉安话音未落,周围的所有镜子突然全都变成了玛格里西亚的荒凉地貌,这颗行星依然在他们脚下转动。

赞法德从椅子里跳了起来。

"导弹去哪儿了?"他说。

镜子里显示出一幅令人震惊的新画面。

"它们似乎变成了,"福特不敢相信他的眼睛,"一盆牵牛花和一条非常惊讶的鲸鱼……"

"这件事的不可能性概率,"毫无改变的埃迪插嘴道,"是一比八百七十六万七千一百二十八。"

赞法德瞪着亚瑟。

"地球人,这就是你想出来的主意?"他质问道。

"呃,"亚瑟说,"我只是……"

"你很会想嘛。发动不可能性引擎一秒钟,但事先不激活保护屏障。哎,小子,你救了咱们大家一命,明白吗?"

"啊,"亚瑟说,"呃,其实也没那么厉害啦……"

"是吗?"赞法德说,"好的,那就忘了吧。电脑,带我们降落。"

"可是……"

"没听见我说话？忘了吧。"

还有一件事情也被他们忘记了：尽管违背了所有的可能性，但确实有一头抹香鲸突然在距离一颗陌生行星地表数英里的高空中被创造了出来。

对于鲸鱼来说，大自然中的这个位置实在撑不住它的体重，因此这个可怜又无辜的造物只有极短的时间来认同自己作为鲸鱼的身份，随即就不得不去认同自己不再是鲸鱼了。

以下文字完整记录了鲸鱼从生命开始那一刻到终结那一刻之间的每一个念头。

啊……！发生什么了？它想。

呃，不好意思，请问我是谁？

哈啰？

我为什么在这里？我的生命有什么目标？

我问我是谁有什么意义？

冷静下来，感受一下……咦？这个感觉可真奇妙，是什么呢？有点儿……麻痒，让我想打哈欠，出自我的……我的……呃，看来我必须先给东西取名字，否则就没法在这个为方便讨论起见姑且称为"世界"的地方找到任何头绪了……那就管它叫我的"肚皮"吧。

很好。喔喔喔喔喔，感觉越来越强烈了。嘿，这个带哨音的呼啸声，它正在经过我忽然间决定把它叫做"脑袋"的东西，这又是什么呢？也许我可以叫它……风！名字不错吧？还凑合吧……等我弄明白它是干什么的，以后也许可以给它换个更好的名字。这东西肯定特别重要，因为我周围似乎全都是风。嘿！这又是什么呢？这个……咱们叫它"尾巴"怎么样？——没错，就是尾巴。嘿！我可以让它挥来挥去，对吧？哇噢！哇噢！感觉真是太好了！似乎没什么大用处，不过以后说不定能搞清楚它究竟是干什么的。现在让我看看，我有没有为各种事物建立起足够连贯的认识？

没有。

没关系，哇，真是太让我激动了，有那么多的东西等待我去搞清楚是干什么的，有那么多的事情可以盼望，我都期待得开始头晕了……

还是风吹得我头晕？

真的有很多很多风啊，对吧对吧？

哇噢！嘿！突然朝我飞奔而来的这又是什么东西？它非常快，非常、非常快。那么大，那么平，那么圆，这东西需要一个听起来很宽广的名字，比方说……啊哈……地……面……地面！没错，就是它了！这名字可真好啊——地面！

不知道我能不能和它交个朋友？

啪叽一声闷响突然响起，随后就只剩下了寂静。

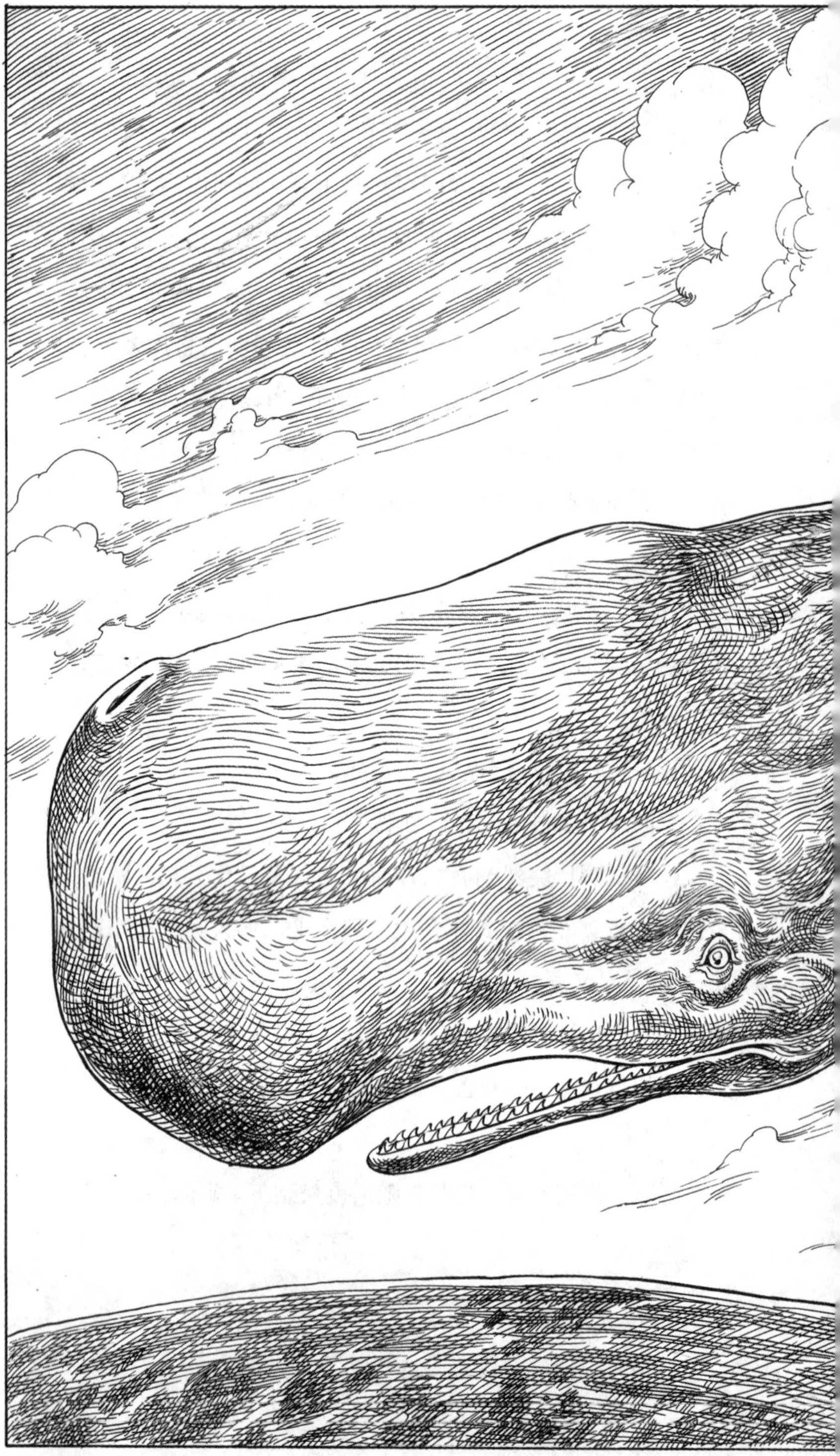

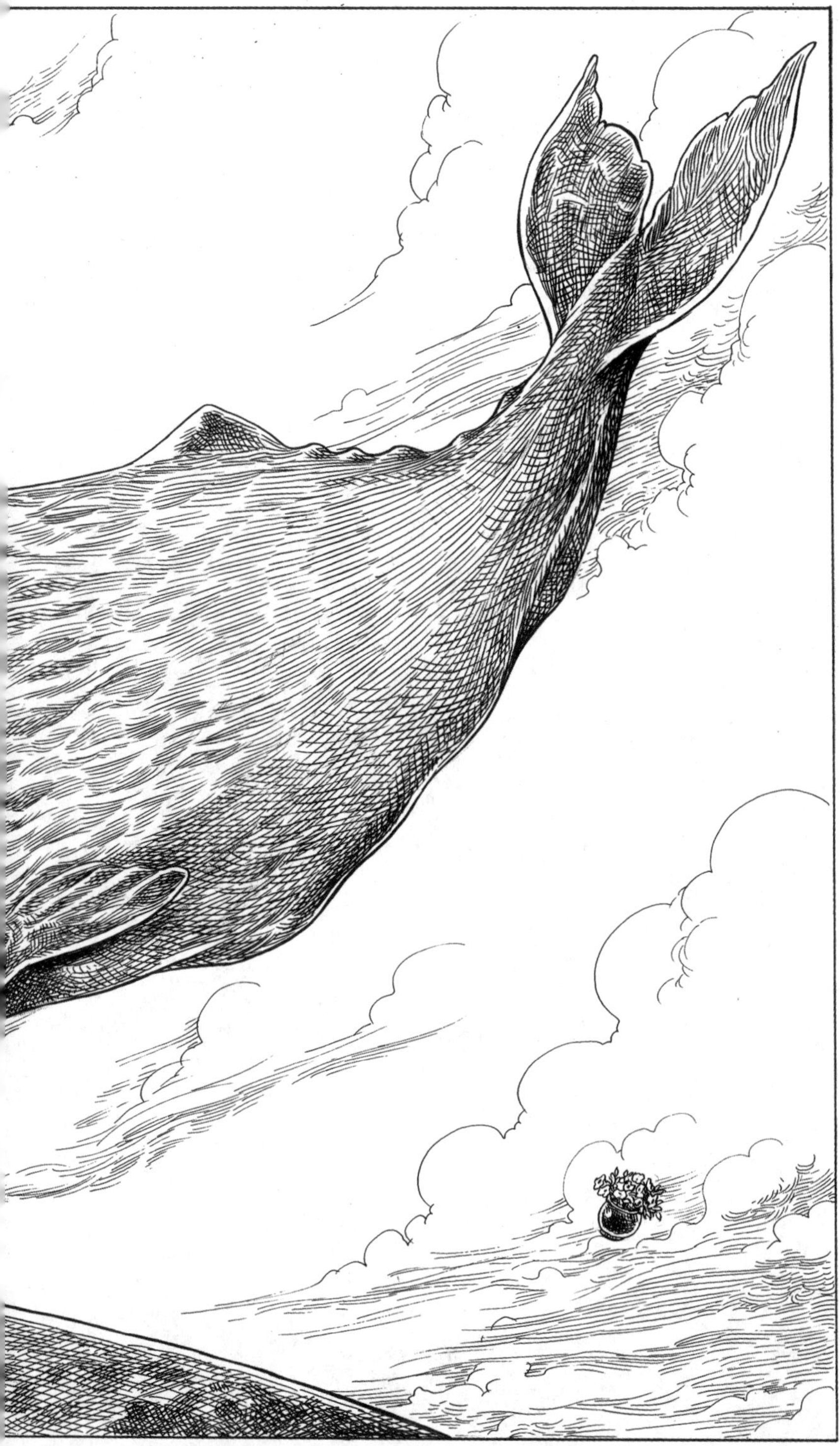

说来有趣，那盆牵牛花在坠落时只产生了一个念头：哦，不，怎么又来了。许多人猜测，假如能确切地知道那盆牵牛花为什么会产生这么个念头，咱们对于宇宙本质的了解就会更上一层楼。

## 19

"非要带上这个机器人吗？"福特厌恶地看着马文说。马文以难看的驼背姿势站在角落里的一棵小棕榈树下。

赞法德把视线从镜面屏幕上转开，诸多屏幕此刻拼成了一幅全景视图，显示的是黄金之心号所降落的那片荒芜土地。

"哦，偏执狂机器人，"他说，"没错，我们要带上他。"

"但这是个躁狂的抑郁机器人，你能怎么和他打交道呢？"

"你是不是觉得只有你才有一堆难题？"马文说，他像是在对一口刚有尸体躺进去的棺材说话，"万一你就是那个躁狂的抑郁机器人，你说你该怎么办？算了，别去琢磨这个问题了，我比你聪明五万倍，但还是不知道答案。光是想到要把自己降低到你那个层次，我就已经非常头痛了。"

翠莉安冲出她的卧舱。

"我的小白鼠逃跑了！"她说。

担忧和关心的表情没能爬上赞法德的两张脸。

"让你的小白鼠见鬼去吧。"他说。

翠莉安愤怒地瞪了他一眼，然后又冲了出去。

假如大家能意识到人类只是地球上第三聪明的物种，而不是（按照大部分独立观察家所普遍认为的）第二聪明，翠莉安所说的事情也许就能引来更多关注了。

"孩子们，下午好。"

这个声音耳熟得奇怪，同时又陌生得奇怪，带着女性大家长的味道。它自作主张地向众人宣布，等他们走到气闸舱口，可以从那里离开飞船，踏上这颗星球的地表。

几个人疑惑地面面相觑。

"是电脑，"赞法德解释道，"它发现它还有个紧急备用人格，我觉得这个人格也许更好用。"

"这会是你们在一颗陌生新行星上的第一天，"埃迪的新声音继续道，"所以我希望大家都把自己裹得暖暖和和的，还有，不许和虫子眼睛的淘气怪物玩。"

赞法德不耐烦地拍拍舱盖。

"不好意思，"他说，"我看我们该带上计算尺[①]出门了。"

"咦？"电脑怒喝，"是谁在说话？"

"电脑，你就不能行行好打开舱盖吗？"赞法德说，竭力克制火气。

---

[①] 双关语，计算尺（slide rule）亦可解释为"灵活的规矩"。——译者

"除非刚才说话的人承认错误。"电脑怒道,气得关上了几个神经突触。

"天哪。"福特靠在舱壁上,开始从一数到十。他近乎于疯狂地担心智慧生命会在哪一天忘记怎么数数。只有通过数数,智慧生命才能证明自己没了电脑也活得下去。

"快。"埃迪严厉地说。

"电脑……"赞法德开口道。

"我在等着哦,"埃迪打断了他,"如果有必要,我能等上一整天……"

"电脑……"赞法德再次开口,他也想用足够精妙的逻辑来说服电脑,但最后决定不该在电脑的主场和电脑较劲,"要是你不立刻打开舱盖,我就直接去你的主数据阵列,用一把超级大的斧头给你重新编程,听明白了?"

埃迪震惊了,它暂时停下,思考赞法德的威胁。

福特继续数数。这大概是你能对电脑做出的最具侵略性的事情了,相当于走到人类面前对他说:"血……血……血……血……"

埃迪最终平静地说:"看得出来,这段关系需要咱们双方的努力。"舱盖随即打开。

刺骨的寒风扑向他们,他们紧了紧衣服,借此保持温暖。他们走下坡道,踏上玛格里西亚被尘土覆盖的荒芜土地。

"就知道到最后都会变成眼泪。"埃迪朝着他们的背影喊

电脑猴迪

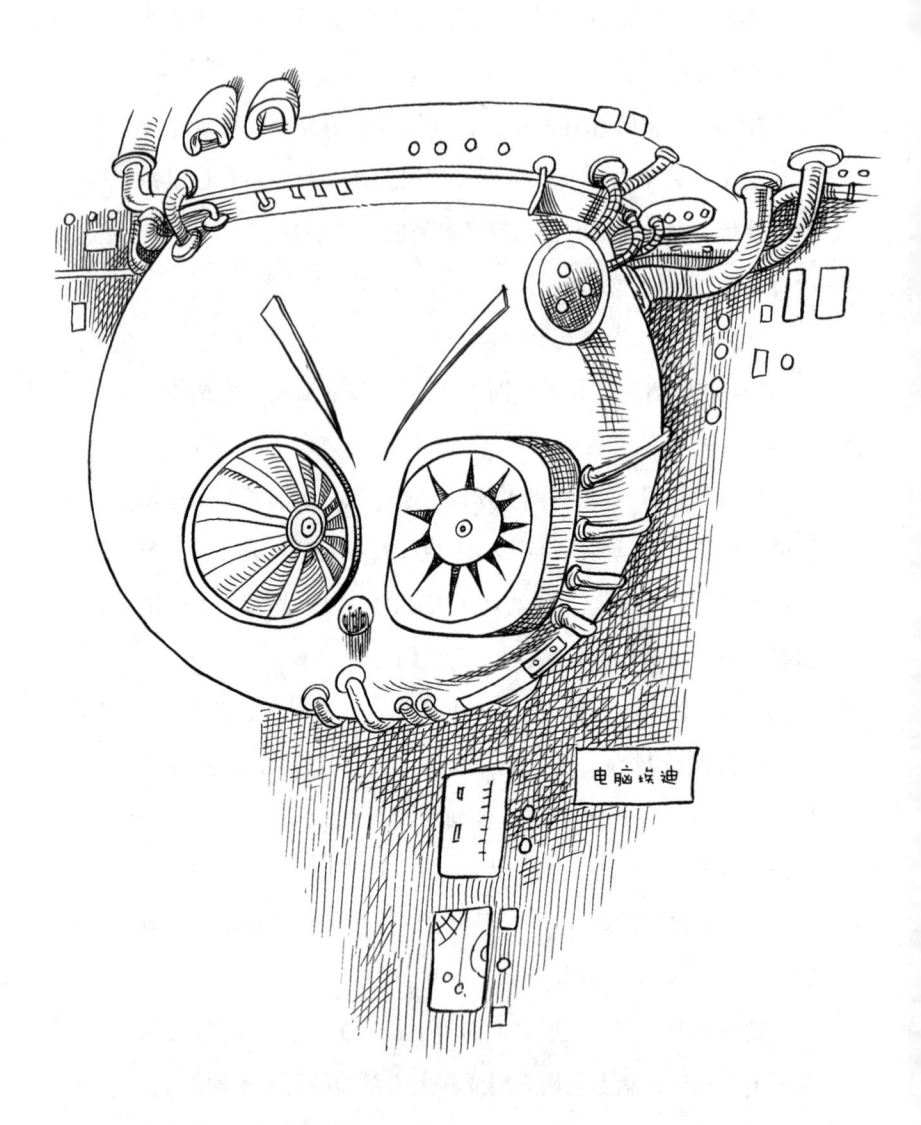

道，然后关闭舱盖。

几分钟后，埃迪收到了一道让他震惊的指令，它于是再次打开和关闭舱盖。

## 20

五条身影缓缓走过荒凉的土地。这里有几小块是沉闷的灰色,有几小块是沉闷的棕色,剩下的则更是乏味得让你没兴趣去看。这里就像一片干涸的沼泽,植被消失得无影无踪,覆盖着一层一英寸左右的尘土。这里很冷。

这里显然弄得赞法德心情压抑。他一个人气呼呼地走开,很快消失在了一段缓坡背后。

风刺痛了亚瑟的眼睛和耳朵,不新鲜的稀薄空气糊住了喉咙。但最让他难受的还是他的意识。

"真是妙极了……"他说,他的声音在耳朵里咔咔作响。空气太稀薄,不怎么有利于声波的传输。

"要我说,这就是个鸟不拉屎的狗屁地方,"福特说,"拱猫砂都比待在这儿好玩。"他感觉到气恼指数正在上升。全银河系有那么多恒星系,又有那么多行星,有得是既狂野又富有异域情调的好地方,一个个都充满了生命。流放了十五年刚回来,他为什么非要来这么一个鬼地方?视线所及范围内,连个热狗摊都找不着。他蹲下,抓了一团冰冷的尘土,但尘土底下并没有值得跨越几千光年来看的东西。

"不,"亚瑟坚持道,"你还不明白吗?这是我第一次真的站上另一颗星球的地表……一个完全陌生的世界……!只可惜却是这么一个鬼地方。"

翠莉安搂住自己,冷得直发抖,眉头紧锁。她敢发誓她从眼角余光看到了一丝意想不到的动静,但等她望过去,却只看见飞船一动不动、无声无息地停在背后一百码左右之处。

过了一秒钟左右,翠莉安看见赞法德站在那段缓坡的最高处,挥手叫他们快过来,她不由松了一口气。

赞法德似乎非常激动,但这儿不但空气稀薄,而且还在刮大风,他们听不清他在说什么。

走近缓坡的隆脊,他们意识到隆脊其实是环形的——这是个直径一百五十码的环形山。环形山外侧洒满了黑色和红色的团块。他们停下来研究其中的一块。这东西湿漉漉的,还挺有弹性。

他们突然惊恐地意识到,这是新鲜的鲸鱼肉。

他们在环形山边缘与赞法德会合。

"看!"他指着环形山的内部说。

环形山的中央孤零零躺着一条抹香鲸摔得稀烂的身躯,它活得太短,还没来得及对命运感到失望。沉默中只能听见翠莉安的咽喉在不由自主地抽搐。

"我看就不用安葬它了吧？"亚瑟嘟囔道，话刚出口就后悔了。

"跟我来，"赞法德说着重新走向环形山内部。

"什么？下去吗？"翠莉安非常反感地说。

"对，"赞法德说，"快来，我有东西给你们看。"

"我们能看见，"翠莉安说。

"不是那个，"赞法德说，"是别的东西。快来。"

几个人都犹豫不决。

"快来，"赞法德不肯放过他们，"我找到进去的路了。"

"进去？"亚瑟惊恐地说。

"进入这颗星球的内部！一条地下通道。鲸鱼落地的冲击力震出了一条裂缝，那就是咱们应该去的地方。五百万年以来从未有人涉足过的地方，走向时间本身的幽暗深处……"

马文又开始讽刺地哼歌。

赞法德给他一拳，他终于闭嘴了。

反胃害得他们浑身打颤，他们跟随赞法德走下斜坡，进入环形山内部，尽量不去看环形山的不幸缔造者。

"人生啊，"马文悲凉地慨叹道，"你可以憎恨它，也可以无视它，但你不可能喜欢它。"

鲸鱼撞击地面的位置凹陷下去，露出走廊和通道构成的网络，坍塌的碎石和鲸鱼的内脏堵住了大部分道路。赞法德已经清理出一条道路的进口，但等到马文开始动手，进度就快得多了。黑暗中吹出阴冷的气流,赞法德用手电筒往里照,但里面暗沉沉的,而且尘土飞扬,几乎什么也看不见。

"根据传说记载,"他说,"玛格里西亚人生活中的大部分时间都在地下度过。"

"为什么?"亚瑟说,"地表受到污染还是人口过多?"

"不,好像不是,"赞法德说,"我猜他们就是喜欢住在地底下。"

"你确定你知道你在干什么吗?"翠莉安望着黑暗,紧张地说,"我们已经受到了一次攻击,你没忘记吧?"

"听我说,小姑娘,我向你保证,这颗星球除了咱们四个,人口数就是一个零,所以,咱们就进去看看吧。喂,地球人……"

"我叫亚瑟。"亚瑟说。

"好,你能跟机器人呆在一起,守在通道的这一头吗?"

"守?"亚瑟说,"为什么?你刚刚才说过这儿没有其他人了。"

"对,但安全第一嘛,你说呢?"赞法德说。

"谁的安全?你的还是我的?"

"小伙子人真不错。好了,咱们出发。"

赞法德往下爬进通道,翠莉安和福特紧随其后。

"好吧,希望你们过得非常倒霉。"亚瑟抱怨道。

"别担心,"马文安慰他,"他们会的。"

没过几秒钟，亚瑟就看不见他们了。

亚瑟气呼呼地跺着脚走了一圈，但转念一想，觉得鲸鱼的葬身之处似乎不太适合跺着脚走来走去。

马文用带毒的眼神瞪了他一会儿，然后干脆关机了。

赞法德在通道里快步向前走，他非常紧张，只好用果断的大步流星来掩饰。他把手电筒的光束扫来扫去。墙上贴着黑色瓷砖，摸起来冷冰冰的，空气中弥漫着腐烂的味道。

"看，我怎么说的来着？"他说，"玛格里西亚，一个有人居住的星球。"他大踏步地走过瓷砖地上的尘土和碎石。

翠莉安不可避免地想到了伦敦地铁，然而即便是伦敦地铁，也不至于这么肮脏和狼狈。

墙上的瓷砖每隔一段距离就会换成大面积的拼贴画，棱角分明的图案很简单，颜色鲜艳。翠莉安停下研究其中的一块，却怎么都理解不了。她叫赞法德过来看看。

"哎，知道这些古怪符号是什么吗？"

"我觉得它们就是某种古怪符号。"赞法德连头也没回。

翠莉安耸耸肩，加快步伐跟上他。

左右两边的墙上出现房门，福特发现里面的小房间都摆满了陈旧的电脑器材。他拖着赞法德走进其中一个房间，翠莉安跟着他们。

"看，"福特说，"你认为这是玛格里西亚……"

"对,"赞法德说,"而且咱们都听见那个声音怎么说了,对吗?"

"好吧,我愿意相信这里是玛格里西亚——暂且相信好了。但你一直还没说过你到底是怎么发现它的。不可能是查星图上找到的,这个我敢肯定。"

"研究调查,政府档案,侦探工作,几次幸运的猜测。其实挺简单的。"

"然后你偷了黄金之心号来找它?"

"偷船是为了找很多东西。"

"很多东西?"福特惊讶道,"比方说?"

"我不知道。"

"什么?"

"我不知道我在找什么。"

"为什么不知道?"

"因为……因为……我想大概是因为假如我知道,我就不可能找到它们了。"

"什么,你疯了吗?"

"这个可能性我还没有完全排除,"赞法德平静地说,"我对我的了解仅限于我的意识在当前情况下能够产生的了解,而它目前的情况不怎么好。"

福特盯着赞法德,脑袋里忽然充满了担忧,接下来的很长时间谁也不说话。

"听我说,老朋友,要是你想……"福特最终打破了沉默。

"不,等一等……我有事情想告诉你,"赞法德说,"我这人从来想一出是一出。每次只要有了什么念头,我就心想,哎,干吗不呢?于是我就去做了。我觉得我能当上银河系总统,我就当上了银河系总统,易如反掌。我决定偷走这艘飞船。我决定去找玛格里西亚,然后一切就这么发生了。是的,我会制订最有效的计划;是的,计划每次都会成功。感觉就像你有一张银河信用卡,虽然从不付账单,但这张卡总能刷得出来。但无论什么时候,只要我停下来思考——我为什么想做这件事?——我是怎么制订出计划的呢?——我就会产生非常强烈的欲望,命令我别去多想。现在就是这样。光是和你说这些,就费了我巨大的力气。"

赞法德停顿片刻。这一刻只有寂静。然后,他皱起眉头说:

"昨天夜里我又在思考这个问题,我觉得我的大脑有一部分似乎不太正常。然后我突然想到,这感觉起来就像有人利用我的大脑琢磨出一个个好点子,但从来不告诉我。我把这两个念头合在一起,得到一个结论:也许有什么为了这个目的锁定了我的一部分大脑,因此我无法使用那个部分。我想知道有没有办法能让我确定一下。

"我去了医疗舱,把自己连在大脑透视仪上。我对我的两个脑袋做了所有重要的筛查检测——总统提名被正式接受前，政府医官也给我做过这些检测。结果表明没有任何异常。至少没什么出乎意料的，就是说我非常聪明，有想象力，不负责任，不值得信任，性格外向，都是你能猜到的东西。没有任何不正常的地方。于是我开始胡乱做其他检测，完全随意地做。还是没有。然后，我尝试把一个脑袋的结果和另一个脑袋的结果叠加在一起。还是没有。最后我开始犯傻了，因为我把这一切归咎于仅仅是偏执妄想症发作而已。结束前我做的最后一件事情是透过绿色滤镜看叠加在一起的结果。还记得我小时候格外迷信绿色吗？我一直想去当贸易侦察船的领航员，记得吗？"

福特点点头。

"然后我看见了，"赞法德说，"和大白天一样清楚。两颗大脑正中间的整个区域——它们与周围的脑区没有关系，只与自身相关——某个狗杂种烧断了这两个脑区的所有神经突触，用电子手段损伤了两团小脑。"

福特震惊地望着他。翠莉安吓得面无血色。

"有人对你做了这种事？"福特从牙缝里挤出声音。

"对。"

"你能猜到是谁吗？还有为了什么原因？"

"原因我只能靠猜的了。但我很清楚那个狗杂种是谁。"

"你知道？你怎么知道的？"

"因为他把姓名缩写烧在了受损伤的神经突触上。留下名字就是为了给我看的。"

福特惊恐地望着他,身上开始起鸡皮疙瘩。

"缩写?烧在你的大脑上?"

"对。"

"我的天,到底是谁?"

赞法德默默地盯着他看了一会儿,然后转开视线。

"赞.毕.。"他平静地说。

就在这时,一道钢铁闸门在他们背后轰然落下,气体涌入房间。

"以后详细告诉你。"赞法德在窒息之余说,三个人随即失去了知觉。

## 21

玛格里西亚的地表,亚瑟在闷闷不乐地闲逛。

福特很体贴地把《银河系搭车客指南》留给亚瑟消磨时间。亚瑟随便按了几个按钮。

《银河系搭车客指南》的编辑水准良莠不齐,很多段落只是在当时对编辑来说是个好点子。里面有一段(亚瑟刚好读到这儿)似乎和某个维特·沃嘉吉格的经历有关。他是一名生性好静的年轻学生,在至高超加隆大学学习上古语言学、换型伦理学和历史诠释的波谐理论。有一天,他和赞法德·毕博布鲁克斯喝了一夜泛银河系含漱爆破剂,随后对他过去这几年买的诸多圆珠笔最终去向何方这个问题产生了兴趣。这种兴趣变得越来越执着。

接下来的很长一段时间献给了艰苦卓绝的研究,在此期间,他探访了全银河系所有重要的圆珠笔遗失中心,最终提出一套离奇的理论,当时很是吸引住了公众的想象力。他说,正如在很多星球上居住着人形生物、爬虫形生物、鱼形生物、会走路的树形生物和拥有超级智慧的蓝色薄膜,宇宙中的某处也有一颗星球完全属于圆珠笔形的生物。圆珠笔会在没人注意的时候奔向这颗星球,它们偷偷地穿过太空中的虫洞溜走,前往那个世界,它们知道自己在那里能享受到独一无二的圆珠笔形生物的特有生活方式,对面向圆珠笔的种种非凡刺激做出响应,普遍过上圆珠笔版本的美好生活。

他的理论就这么传播开了,一切都挺不错,挺令大众愉快。直到有一天维特·沃嘉吉格忽然声称他发现了这颗星球,并在那儿呆了一段时间,为一个廉价绿色可伸缩圆珠笔家庭开豪华轿车,他因此被抓走关了起来,然后就此事写了一本书,最终搬家去了税负较低的地方。在公众面前出乖露丑的家伙通常都是这个下场。

后来,人们组织了一支远征队,前往沃嘉吉格声称那颗星球所在的空间坐标,结果只发现了一颗小行星,上面住着一个孤老头,他反复说一切都是假的,但后来却被揭穿当时在撒谎。

到最后只剩下了两个问题:一个是维特在布兰蒂斯沃根的银行账户为什么每年都会神秘地收到六万牵牛星元;还有一个当然是赞法德·毕博布鲁克斯收益率奇高的二手圆珠笔生意究竟是怎么一回事。

亚瑟读完这一节,放下了书。

机器人还是死气沉沉地坐在原处。

亚瑟站起来,走到环形山顶端,绕着环形山走了一圈,然后望着玛格里西亚的两颗太阳气势恢宏地落山。

亚瑟回到环形山底下,叫醒机器人,就算和一个抑郁的躁狂机器人聊天,也总比和空气说话强。

"天要黑了,"他说,"快看,机器人,星星出来了。"

这里是黑暗星云的心脏部位,能看到的星星寥寥无几,而且还非常模糊,但它们确实挂在天上,等待被人观看。

机器人听话地看了一会儿,然后转开视线。

"是啊,我知道,"他说,"够惨的,对吧?"

"但那日落!我在最疯狂的梦里也没见过这个场面……两颗太阳!就像着火的山峰在燃烧太空。"

"我见过,"马文说,"垃圾。"

"我的母星只有一颗太阳,"亚瑟还没有放弃,"我来自一颗名叫地球的行星,知道吗?"

"当然知道，"马文说，"你说个不停。听名字就很完蛋。"

"才不呢，地球非常美丽。"

"有海吗？"

"那还用说？"亚瑟喟然长叹，"辽阔的蓝色海洋，波涛翻滚……"

"最受不了的就是海。"马文说。

"告诉我，"亚瑟疑惑道，"你和其他机器人合得来吗？"

"我恨它们，"马文说，"你去哪儿？"

亚瑟再也受不住了，他又站了起来。

"我还是再去走走吧。"他说。

"不能怪我。"马文说，数了五千九百七十亿只羊，在一秒钟后又睡着了。

亚瑟噼里啪啦地拍打全身，请循环系统工作得再卖力一些。他艰难地沿环形山的壁面往上爬。

这颗行星的空气过于稀薄，而且没有卫星，因此夜幕降临只是一瞬间的事情，现在天已经黑透了。因此，还没等亚瑟反应过来，他就一头撞上了那位老人。

## 22

老人背对亚瑟,正在眺望最后一抹阳光沉入地平线下的寂寂黑暗。他算是挺高的,年纪不小,身穿单件头的灰色长袍。等他转过来,你会发现他长了一张贵族的窄脸,饱经忧患,但不失慈祥,见到这种相貌,你会甘心情愿地把钱存在他那儿。但现在他还没有转过来,就连亚瑟惊叫一声,他也没有任何反应。

等最后几缕阳光彻底消失,他终于转过身。光线不知从何而来,照亮了他的脸,亚瑟扭头寻找光线的源头,发现几码外停着一辆似乎是气垫车的小型交通工具。它向周围洒下一圈模糊的光。

男人望着亚瑟,眼神中透出悲哀。

"你挑了个寒冷的夜晚,拜访我们这颗死亡星球。"他说。

"你……你是谁?"亚瑟结结巴巴地说。

男人转开视线。哀伤再次掠过他的面容。

"我的名字并不重要。"他说。

他似乎有心事。交谈显然不是他特别感兴趣的事情。亚瑟觉得很尴尬。

"我……呃……你吓了我一跳……"他的舌头都打结了。

男人把视线转回他身上,微微挑起眉毛。

"嗯——?"他问。

"我说你吓了我一跳。"

"别害怕,我不会伤害你。"

亚瑟皱起眉头瞪着他。"但你朝我们开火!那两颗导弹……"他说。

男人凝视环形山的坑底。马文双眼的微光把极其微弱的红色暗影投在鲸鱼庞大的尸体上。

他吃吃一笑。

"自动系统。"他说,轻声叹息,"古老的电脑盘踞在这颗星球的肚肠中,数着分秒熬过了许多个黑暗的千年,岁月沉重地压在它们积满灰尘的数据存储阵列上。要我说,电脑大概靠偶尔打靶来排解无聊的时光。"

他严肃地盯着亚瑟,说:"要记住,我是科学的忠实拥护者。"

"哦……呃,真的吗?"亚瑟开始觉得对方奇特的和善态度令人不安了。

"当然是真的。"老人说,然后就闭上了嘴巴。

"啊,"亚瑟说,"呃……"他的感觉很奇怪,就好像自己

银辟法斯特

是正在床上的奸夫，惊讶地看着女方的丈夫溜溜达达走进卧室，换了条裤子，随口评论几句天气，然后又走了出去。

"你似乎很不安。"老人用礼貌的关切口吻说。

"呃，不……好吧，是的。其实是这样的，我们并不真的指望会在这儿碰到什么人。我还以为你们已经死绝了……"

"死？"老人说，"亲爱的好老天啊，没有，我们只是睡了一觉。"

"睡了一觉？"亚瑟不敢相信自己的耳朵。

"是啊，一觉睡过经济衰退期，你明白的。"老人说，显然并不在乎亚瑟到底有没有听懂他说的哪怕一个字。

亚瑟不得不继续问了下去。

"呃，经济衰退期？"

"对，你知道的。五百万年前，银河系经济崩溃，人们认为客户定制星球也是什么奢侈日用品，因此……"

他停下，看着亚瑟。

"你知道我们是建造星球的，对吧？"他严肃地问亚瑟。

"呃，知道，"亚瑟说，"我只是觉得……"

"多么迷人的行当，"老人说，双眼中透出渴望的神情，"建造海岸线一直是我的最爱。雕琢峡湾给我带来了多少乐趣……总而言之，"他回到刚才的话题上，"衰退期到来，我们认为一觉睡过去能省下许多麻烦。因此，我们给电脑编程，请电脑等衰退结束再叫醒我们。"

男人吞下一个哈欠，继续说了下去。

"电脑连接了银河系股票市场的股价指数，所以你明白了吧？等其他人复苏了经济，买得起我们相对来说比较昂贵的服务，我们到时候再醒来也不迟。"

亚瑟，《卫报》的忠实读者，他打心眼里震惊了。

"这么做一定是个痛苦的抉择吧？"

"是吗？"老人淡然道，"不好意思，我有点跟不上时代了。"他指着环形山底下。

"那是你的机器人？"他说。

"不是，"一个纤细的金属声音从那儿传来，"我只属于自己。"

"不知道能不能管它叫机器人，"亚瑟嘟囔道，"它更像一台电子郁闷仪。"

"带上它。"老人说。亚瑟惊讶地发现，老人的声音里突然多了一丝决断。他叫马文过来，爬坡的时候，马文上演了好一场精彩的跛行大戏，但其实它并不瘸。

"我想了想，"老人说，"还是把它留下吧。你必须跟我来，马上要出大事了。"他转身走向交通工具，尽管他没有发出明显的信号，但它已经在黑暗中悄无声息地飘向了他们。

亚瑟低头去看马文，马文正在上演同样精彩的一场大戏，他费劲地往回走，嘟嘟嚷嚷地自言自语各种怪话。

"快来，"老人说，"再不走你就晚了。"

"晚了？"亚瑟说，"什么晚了？"

"人类，你叫什么？"

"邓特。亚瑟·邓特。"亚瑟答道。

"已故的①，就像是'已故的邓特，亚瑟·邓特'中的用法，"老人没好气地说，"听不懂吗？我这是在威胁你。"他疲惫而苍老的眼睛里再次露出渴望的神情。"我一直不擅长威胁别人，但据说这么说挺好用。"亚瑟大惊失色。

"真是个怪人。"他自言自语道。

"不好意思，你说什么？"老人说。

"哦，没什么，"亚瑟有点不好意思，"好吧，咱们去哪儿？"

"我的飞行车。"交通工具已经无声无息地停在了他们身旁，老人示意亚瑟上车。"咱们要深入这颗星球的内部，我们的种族已经结束了五百万年的长眠。玛格里西亚正在醒来。"

亚瑟坐进老人身旁的座位，不由自主地打了个哆嗦。飞行车加速冲进茫茫夜空，但本身只是毫无声息地上下抖动，这个怪异的对比让他坐立不安。

他望向老人，仪表板的诸多小灯射出朦胧辉光，照亮了老人的面庞。

"不好意思，"他对老人说，"能顺便再请教一下怎么称呼吗？"

---

① Late 一词同时有"晚了"和"已故"两层意思。——译者

"怎么称呼？"老人说，脸上再次流露出冷淡的哀伤神情。

"我叫，"他说，"银辟法斯特①。"

亚瑟真的呛了一口。

"不好意思，我没听清。"他喷着唾沫说。

"银辟法斯特。"老人平静地重复道。

"银辟法斯特？"

老人投来沉重的目光。

"我说过了，名字不重要。"他说。

飞行车在夜色下静静飞行。

---

① "银辟法斯特"原文为 Slartibartfast，第一部分与 slut（淫贱）谐音，第二部分与 butt（屁股）谐音。作者最初给此角色起名为 Phartiphukborlz，三个部分分别与 fart（放屁）、fuck（性交）和 balls（卵蛋）谐音，后来为了适合 BBC 电台播出而修改为 Slartibartfast。作者的意图是要起一个"够粗鲁又难以打字的名字"（The rude name that is hard to type）。——译者。

## 23

有个道理很重要,而且家喻户晓,那就是事情往往和表面上看起来的不一样。举例来说,在地球这颗星球上,人类总是以为他们比海豚聪明,因为人类的成就众多——轮子了,纽约了,战争了,等等等等——而海豚自始至终只是在水里游来游去,享受美好时光。然而反过来,海豚也一直相信它们比人类聪明得多,理由完全相同。

很有意思的是,海豚早就知道地球这颗行星即将被摧毁,尝试过无数次去提醒人类危机将近。然而它们的沟通行为却被广泛误读为逗人发噱的顶球表演,又或者是为了乞求零食而吹口哨。海豚最终放弃努力,在沃贡人来临前不久用自己的方式离开了地球。

海豚的最后一条沟通被误读为一次令人啧啧称奇的复杂表演:后空翻七百二十度钻铁圈,同时用口哨吹美国国歌,但海豚想表达的其实是:"再会,谢谢所有的鱼。"

实际上,地球上只有一个物种比海豚更聪明,它们把大量时间消耗在行为研究实验室里，在铁圈里奔跑，用人类做精密且巧妙的试验。而人类呢？人类再次彻底误读了自身与它们的关系，然而这完全符合它们的计划。

## 24

飞行车悄无声息地在寒冷与黑暗中滑行。玛格里西亚的沉沉夜色之中，这团柔和的微光孤独得十分彻底。车速很快加了上去。同车的伙伴似乎陷入了沉思，亚瑟好几次企图拉他聊天，但他每次都只是用询问亚瑟坐得舒不舒服来敷衍，然后就不开口了。

亚瑟尝试估算目前的行进速度，但外面黑得过于彻底，他找不到任何可供参考的地标。运动感非常轻微，要是你说飞行车其实没有开动，亚瑟恐怕也会相信。

就在这时，一个细小的光点在远处出现，仅仅几秒钟，光点就变大了很多倍，亚瑟意识到它在以可怕的高速向他们驶来，他尝试辨认那是一个什么样的交通工具。他左看右看，却无法分辨出一个清晰的轮廓；飞行车突然下沉，以无疑会导致碰撞的路线直冲而去，他吓得倒吸一口凉气。两者之间的相对速度高得不可思议，亚瑟在事情发生前甚至没来得及吸完刚才那口凉气。再一个瞬间，他只知道周围变成了某种模糊得令人疯狂的银色物体。他连忙扭头去看,见到背后远处有个黑点正在迅速变小,他愣了好几秒,这才想通究竟发生了什么。

飞行车钻进了一条隧道,隧道的出入口位于地面高度。快得可怕的东西是这辆飞行车,先前作为参照物的光点是地面上静止不动的洞口,也就是隧道的出入口。模糊得让人发疯的银色东西是隧道的环形壁面,他们正在隧道内飞行,时速少说也有几百英里。

他惊恐地闭上了眼睛。

过了一段他不想知道到底有多久的时间,亚瑟感觉速度有所下降,又过了一会儿,他意识到车速正在逐渐放慢,最终会轻柔地停下来。

亚瑟睁开眼睛,他们还在那条银色隧道里。他们在一个由隧道构成的交错迷宫里拐来拐去,这些隧道逐渐会聚;他们最终停在一个弧形钢铁内壁的小房间里,另外几条隧道也通向这个房间。亚瑟望向这个房间的另一头,他能看见一个模糊得让人生气的巨大光环。之所以让人生气,是因为它会给眼睛造成错觉,使眼神难以对焦,搞不清楚它到底是远还是近。亚瑟猜测(错得离谱)它的光是紫外线。

银辟法斯特转过脸,苍老的眼睛严肃地望着亚瑟。

"地球人,"他说,"我们来到了玛格里西亚的心脏。"

"你怎么知道我是地球人?"亚瑟问道。

"你以后会知道的,"老人和蔼地说,然后带着一丝怀疑补充道,"反正肯定比现在知道得更清楚。"

他继续道:"必须提醒你一声,我们即将进入一间大厅,它事实上并不在我们这颗星球上。那儿有点太……大了。我们会穿过一道门,进入广阔的超空间。你也许会觉得不太舒服。"亚瑟发出紧张的怪声。

银辟法斯特按下一个按钮,然后又说了一句话,但这句话怎么听都让人不放心:"每次都吓得我心惊肉跳,所以请坚持一下。"

飞行车像子弹似的径直冲进光环,亚瑟突然对"无限大"的模样有了个相当清晰的概念。

不过实际上,这个空间并不是无限大。无限大本身其实很单调,一点意思都没有。抬头眺望夜空,你就会看见无限大,咱们无法理解那个距离,因而它也就失去了意义。飞行车当然没有飞进无限大,只是这片空间非常、非常、非常大,大得让你觉得像是见到了无限大,而这个印象比无限大能给你留下的印象要深刻得多。

亚瑟的感官在颤抖和旋转,他知道飞行车的速度快得不可思议,但看起来像是在缓缓穿过开阔的空间,刚才通过的那道门已经变成了一个难以分辨的小点,位于他们背后一面微微发光的墙上。

墙。

这面墙公然藐视你的想象力，先引诱它，随后一拳打翻。这面墙无论是宽度还是高度都能看得你感官瘫痪，它朝着上下左右无限延伸，超出视线可及的范围。仅仅是眩晕感造成的惊吓就足以杀人。

它看似完全平坦。你必须动用最精密的激光测量仪器才能发现，这面墙朝着上方攀升、朝着下方坠落、朝着两侧展开的时候，尽管看起来像是在无限延伸，但实际上也还是存在弧度的。这面墙于十三光秒外与自身接合。换句话说，它构成了一个直径超过三百万英里的中空球体，其内部洒满了超乎想象的光辉。

"欢迎。"银辟法斯特说。他们这辆飞行车化作一个小黑点，虽然在以三倍音速飞行，然而置身于这片广阔得让人丧失思考能力的空间之中，看起来却像是在龟速爬行。"欢迎，"他说，"光临我们的生产车间。"

亚瑟瞪着他，眼神里既有惊愕，也有恐慌。他们前方，他无法判断甚至无法猜测距离的远方，悬浮着一连串不寻常的物体，钢铁和光线编织出精细的花纹，缠绕着空间中那些暗影憧憧的球体。

"看见了吗？"银辟法斯特说，"那就是我们制造星球的地方。"

"你是说，"亚瑟在努力组织词句，"你是说，你们重新开工了？"

"不，没有，老天保佑，没有，"老人惊呼道，"当然没有，银河系离有钱得足以支撑我们的服务还差得远呢。不，我们被唤醒只是为了履行一项异乎寻常的委托，来自……另一个维度的某些特殊客户。你或许也会感兴趣……就在前面，离咱们不太远。"

亚瑟顺着老人指的方向望过去，好不容易才找到悬浮在空间中的那个结构体。它仅仅是许多个结构体中的一个，但只有它显露出存在活动的迹象，不过所谓的迹象仅仅是一个潜意识的印象，没人能说清楚具体是什么。

但就在这时，一道弧光穿过这个结构体，亚瑟看见它内部有个黑乎乎的圆球，而弧光赤裸裸地揭示出圆球表面的图案。亚瑟认识这些图案，熟悉这些边缘参差的形状，正如他熟悉字词的轮廓，它们都属于他脑海里的陈设物。接下来的好几秒钟，他震惊得哑口无言，画面在他的意识里横冲直撞，企图找到地方安顿下来，总结其中的含义。

他的一部分大脑对他说，你非常清楚你看见了什么，这些形状代表着什么。但另一部分拒绝同意这个想法，放弃了继续思考下去的责任。

弧光再次闪过，消除了他的所有疑惑。

"地球……"亚瑟轻声说。

"哦，其实是地球二号，"银辟法斯特欢快地说，"我们正在按照原始蓝图制造一个复制品。"

一阵冷场。

"你难道是要告诉我，"亚瑟控制住情绪，一字一顿地说，"地球……原先是你们制造的？"

"对啊，"银辟法斯特说，"你有没有去过一个地方……叫什么来着？好像是挪威？"

"没有，"亚瑟答道，"我没去过。"

"真可惜，"银辟法斯特说，"那是我的得意之作。告诉你吧，是获奖作品。非常可爱的海岸线，充满了褶皱。听说地球被摧毁，我很生气。"

"只是很生气？！"

"对。要是能再等五分钟，其实也就无所谓了。结果搞得一团糟。"

"什么？"亚瑟说。

"老鼠暴跳如雷。"

"老鼠暴跳如雷？"

"是的。"老人淡然道。

"呃，好吧，我以为你会说狗，或者猫，或者鸭嘴兽，但……"

"唔，但掏钱的不是它们，对吧，你说呢？"

"那什么，"亚瑟答道，"要是我现在干脆认输，彻底发疯，是不是能帮你节约很多时间？"

飞行车里陷入尴尬的寂静，过了一会儿，老人尝试耐心地解释给亚瑟听。

"地球人,你居住的星球是老鼠定制、老鼠付款和老鼠主宰的。被摧毁的时候,地球离完成制造它的目标只剩下短短的五分钟了,因此我们只好重新造一个。"

只有一个词留在了亚瑟的脑子里。

"老鼠?"他说。

"没错,地球人。"

"呃,不好意思,我们讨论的不会是那种白颜色、毛茸茸的小生物吧?它们痴迷于奶酪,在六十年代初的肥皂剧里经常把女人吓得跳上桌子尖叫。"

银辟法斯特很有礼貌地清了清嗓子。

"地球人,"他说,"有时候很难跟上你的语言模式。请不要忘记,我在玛格里西亚的地底下睡了五百万年,因此不怎么了解你所说的六十年代初的肥皂剧。但你要知道,你称之为老鼠的这种动物,它们的本质和外表完全不是一码事。它们其实是拥有超级智慧的巨大泛维度生物在我们这个空间的投影。什么爱吃乳酪了,吱吱叫了,全都是伪装。"

老人停了停,怜悯地皱起眉头,继续说了下去。

"还有,非常抱歉,它们一直在拿你们做实验。"

亚瑟思考了一秒钟,表情一亮。

"哎呀,不是这样的,"他说,"我知道你的误解从何而来了。你看,我们经常拿它们做实验。老鼠通常用于行为研究的实验，例如巴甫洛夫什么的等等。人类让老鼠参加各种测试，学习敲铃铛，钻迷宫，等等等等，以此研究学习过程的本质。通过对老鼠行为的观察，人类得以了解自身的各方各面……"

亚瑟的声音越来越小了。

"多么巧妙啊……"银辟法斯特说，"你不得不佩服。"

"佩服什么？"亚瑟说。

"它们知道该怎么更好地掩饰真实的本性，又该怎么更好地引导你们的思路。它们在迷宫里会突然跑向错误的路径，会吃掉不正确的那块乳酪，会出乎意料地死于多发性黏液瘤。假如这些都经过了缜密的盘算，那么累积而来的结果会非常可观。"

他停顿片刻，制造悬念。

"你要知道，地球人，老鼠实际上是极其聪明的拥有超级智慧的泛维度生物。你们的星球和全体人类构成了一台有机电脑的运算阵列，在运行一套需要千万年机时的研究程序……我来从头仔细和你说说吧，需要花些时间。"

"时间，"亚瑟无力地说，"时间现在不是我的问题。"

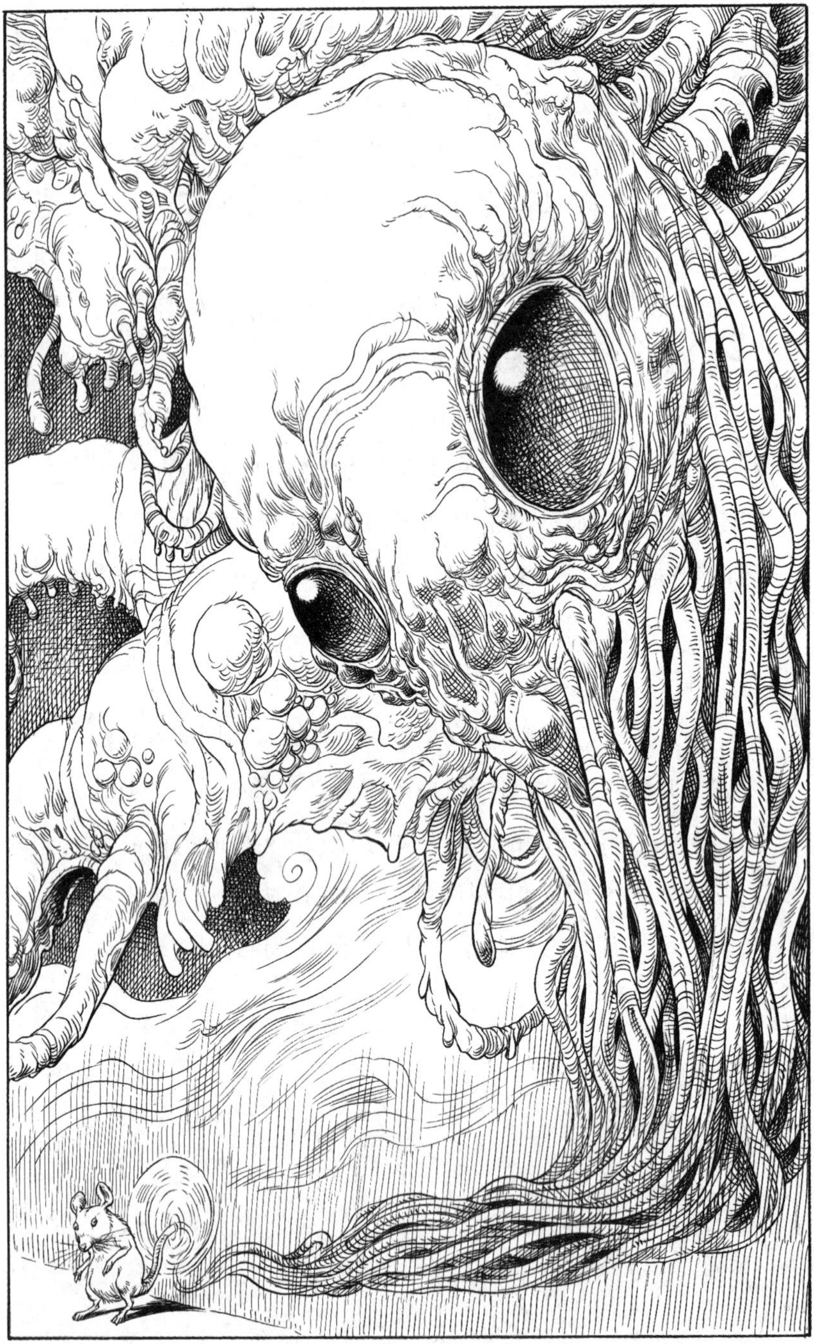

## 25

与生命相关的问题当然有很多,其中最流行的几个分别是:人为什么要出生?又为什么要死?从生到死之间,人为什么要把那么多的时间花在佩戴电子表上?

许多许多百万年以前,一个拥有超级智慧的泛维度生物种族(在其所生活的泛维度宇宙中,他们的肉体呈现形式和我们没什么区别)受够了生命意义引发的无休止争吵,这样的争吵经常打断他们最喜爱的休闲运动:獾式超级板球(这个比赛项目很有意思,内容是毫无理由地突然殴打他人,然后赶紧逃跑)。因此,他们决定坐下来想想办法,一劳永逸地解决这个问题。

于是,他们为自己建造了一台空前绝后的超级电脑,这台电脑聪明得无以复加,连数据阵列都还没有连接完毕的时候,它就从"我思故我在"开始了思考,到还没有人想到要断电的时候,它已经推导出了八宝饭和所得税的存在。

这台电脑有一座小城市那么大。

这台电脑的主控制台安装在一间经过特别设计的总裁办公室里，控制台底下是一张特别宽大的总裁办公桌，桌子的材质是最精美的超红木，还垫了一层美丽的红色超皮革。黑色地毯呈现出低调的华丽，富有异域气息的盆栽和主程序员及家人的优雅浮雕像摆满整个房间，庄严堂皇的窗户底下是树木包围的公共广场。

到了"伟大的开启日"那一天，两位身穿盛装的程序员拎着公文包来到这里，被小心翼翼地领进这间办公室。他们很清楚，在今天这个最伟大的时刻，他们代表着的是整个种族。但两人的动作镇定而平静，他们谦恭地在办公桌前落座，打开公文包，各自取出皮面记事本。

他们一个叫愣客威，另一个叫福克。

愣客威和福克在寂静中充满敬意地坐了几秒钟，悄悄地交换一个眼神，然后俯身按下一块黑色的方形嵌板。

微弱的嗡嗡声随即响起，这代表巨大的电脑已经完全激活了。电脑停顿片刻，用浑厚而洪亮的声音对他们说话。

电脑说："我，深思，时间与空间的宇宙中第二伟大的电脑，创造我是为了什么目的呢？"

愣客威和福克惊讶地对视一眼。

"伟大的电脑啊，你的任务是……"福克开始阐述。

"不，等一等，好像不太对劲，"愣客威忧心忡忡地说，"我们设计它的时候，特地把它设计成有史以来最强大的电脑，而不是第二强大。深思，"他对电脑说，"我们把你设计成前无古人、后无来者的最强大的电脑，你难道不是吗？"

"我说我是第二强大的电脑，"深思吟诵道，"我就是。"

两位程序员的脸上再次闪过忧虑的表情。愣客威清了清喉咙。

"肯定是搞错了吧，"他说，"比起至高超加隆大学那台能在一毫秒内数清一颗恒星里有多少颗原子的十亿高康大脑，你难道不是更强大的计算机吗？"

"十亿高康大脑？"深思的语气里带着不加掩饰的轻蔑，"不过是个算盘——不足挂齿。"

"难道说，"福克焦虑地凑上前去，"比起光明与精巧的第七银河系大学的古戈尔恒星思考者，那台能够计算出丹格拉巴贝塔星球上持续五周的沙尘暴中每颗沙粒的轨迹的电脑，你不是更强大的分析机吗？"

"持续五周的沙尘暴？"深思傲慢地答道，"我能算出创世大爆炸中每个原子的向量，这种问题于我何足道哉？别用口袋计算机之流的破玩意侮辱我。"

两位程序员呆呆地坐在不安的沉默之中。愣客威再次凑近办公桌。

"难道说，"他说，"比起西塞罗尼休斯十二那台伟大的超级笨重全同源中子争论者，号称有魔法般的力量且不知疲倦的电脑，难道你不是更难缠的思辨机吗？"

"伟大的超级笨重全同源中子争论者,"深思说,给每一个 r 都加上颤音,"能把大角星的超级驴子说得四脚朝天,但只有我才能说服它倒退走路。"

"那么,"福克问,"问题在哪儿呢?"

"没有什么问题,"深思用绕梁三日的动听声音说,"我只是时间与空间的宇宙中第二强大的电脑而已。"

"为什么是第二呢?"愣客威追问道,"你为什么总说自己是第二?你总不至于在说多种皮质激素汗液真空管泰坦骡子吧?或者是自动沉思仪?或者是……"

电脑控制台轻蔑地闪了又闪。

"基于控制论的白痴,我连一个单位时间的思考都懒得留给它们!"深思话声如雷,"我指的当然只可能是继我之后的那台电脑!"

福克失去了耐心。他一把推开记事本,嘟囔道:"这越来越像是在毫无意义地演弥赛亚① 了。"

"你对未来的时间一无所知,"深思宣告道,"然而通过我复杂的线路,我可以穿过未来可能性的无限增量乱流,预见到迟早会出现一台电脑,我连替他计算最基本的工作参数也不配,而我的宿命就是设计这台电脑。"

---

① 指《圣经》里的施洗约翰预言上帝要派弥赛亚降生,将比自己重要千百倍。——译者

福克喟然长叹，瞥了一眼愣客威。

"咱们别浪费时间，开始提问吧？"他说。

愣客威示意他稍等片刻。

"你说的是哪一台电脑？"他问。

"我不想继续说下去了，"深思说，"现在请提出除此之外设计我用来回答的问题吧。请。"

两人对视一眼，耸耸肩。福克收拾了一下心情。

"伟大的深思电脑，"他说，"我们设计你是为了完成这个任务：我们希望你能告诉我们……"他顿了一下，"那个答案！"

"那个答案？"深思说，"什么的答案？"

"生命！"福克提示道。

"宇宙！"愣客威说。

"一切！"两人齐声说道。

深思思考片刻，最后说："有意思。"

"所以你能告诉我们吗？"

又一次意味深长的停顿。

"能，"深思说，"我能告诉你们。"

"那么，答案是什么？"福克兴奋得都透不过气了。

"而且还必须很简单。"愣客威补充道。

"是的，"深思说，"生命、宇宙以及一切。你们的问题确实有个答案。但我必须想一想。"

突如其来的骚乱毁了这个时刻：门被砰地一声撞开，两个男人气急败坏地冲进来，他们身穿十字愁大学褪色的粗鄙蓝袍和腰带，把妄图阻挡他们的下人扫到一旁。

"我们强烈要求加入！"两个人里比较年轻的那个喊道，给了年轻漂亮的秘书一招锁喉肘。

"不要负隅顽抗，"比较年长的另一个喊道，"你们不能把我们挡在外面！"他把一个初等程序员扔到门外。

"我们强烈要求，你们不能把我们挡在外面！"年轻的那个声嘶力竭地叫道，不过他已经牢牢站在了房间里，而且也没人再来尝试阻止他们。

"你们是谁？"愣客威气恼地站起来，"你们要干什么？"

"我是麻吉西斯！"年长的那位正色宣告。

"我强烈要求，我是呜噜方德！"年轻的那位叫道。

麻吉西斯扭头瞪着呜噜方德。"可以了，"他恼怒地说，"这种事不需要强烈要求。"

"好的！"呜噜方德咆哮道，猛拍身边的桌子，"我是呜噜方德，这是不需要强烈要求的，而是可靠的事实！我们强烈要求的是可靠的事实！"

"不对，我们不需要！"麻吉西斯气呼呼地叫道，"这正是我们不强烈要求的！"

呜噜方德连一口气都没歇就继续喊道，"我们不强烈要求可靠的事实！我们强烈要求彻底摒除可靠的事实。我强烈要求我或许是或许不是呜噜方德!"

"你们到底是什么人?"福克吼道,感觉受到了羞辱。

"我们,"麻吉西斯说,"是哲学家。"

"但我们也或许不是哲学家。"呜噜方德朝两位程序员摆摆手指,以示警告。

"对,我们是哲学家,"麻吉西斯坚持道,"我们是哲学家、贤人、导师及其他思想者统合工会的代表,身份不容置疑,我们要求关闭这台机器,立刻关闭!"

"有什么问题吗?"愣客威说。

"伙计,我来和你说说问题在哪儿吧,"麻吉西斯说,"越界,这就是你们的问题!"

"我们强烈要求,"呜噜方德嘶吼道,"越界或许是或许不是你们的问题!"

"你们让机器知道该怎么做加法就行了,"麻吉西斯警告程序员,"永恒真理就交给我们处理吧,谢谢你们的瞎操心。朋友,想确定你们的法律地位吗?那就去查一查好了。根据法律,终极真理追寻权显然是一项不可让渡的特权,属于我们这些勤劳的思想家。要是一台该死的机器跳出来,真的找到了终极真理,我们岂不是全都失业了?我是说,假如你们的机器一上线,隔天早晨就把上帝他老人家的电话号码告诉你,我们为什么还要熬夜讨论存不存在上帝?"

"非常正确,"呜噜方德叫道,"我们强烈要求占有严格划定的疑问与不确认的领域!"

一个洪亮的声音突然响彻房间。

"请问,能不能允许我说说我的看法?"深思问道。

"我们要罢工!"呜噜方德扯着嗓子喊道。

"太正确了!"麻吉西斯附和道,"要让你们见识一下全国性的哲学家大罢工!"

环绕房间的许多个雕饰精美、涂过清漆的落地扬声器上,几个辅助低音单元同时投入使用,浑厚的谐振突然增加,深思的声音于是又增添了几分力量。

"我只是想说,"电脑低沉的声音在轰鸣,"我的电路已经开始全力计算生命、宇宙以及一切这个终极问题的答案了,这是不容改变的事实。"他顿了顿,心满意足地发现所有人都在注意自己,再次开口时声音平静了下来。"但程序需要一些时间来运行。"

福克不耐烦地看看手表。

"多久?"他说。

"七百五十万年。"深思说。

愣客威和福克震惊地互相对视。

"七百五十万年!"两人齐声大叫。

"是的,"深思慷慨激昂地说,"我难道没说过我需要想一想吗?然后我突然想到,运行这么一个程序,注定会为整个哲学领域创造巨大的曝光率。关于我最终会得出什么答

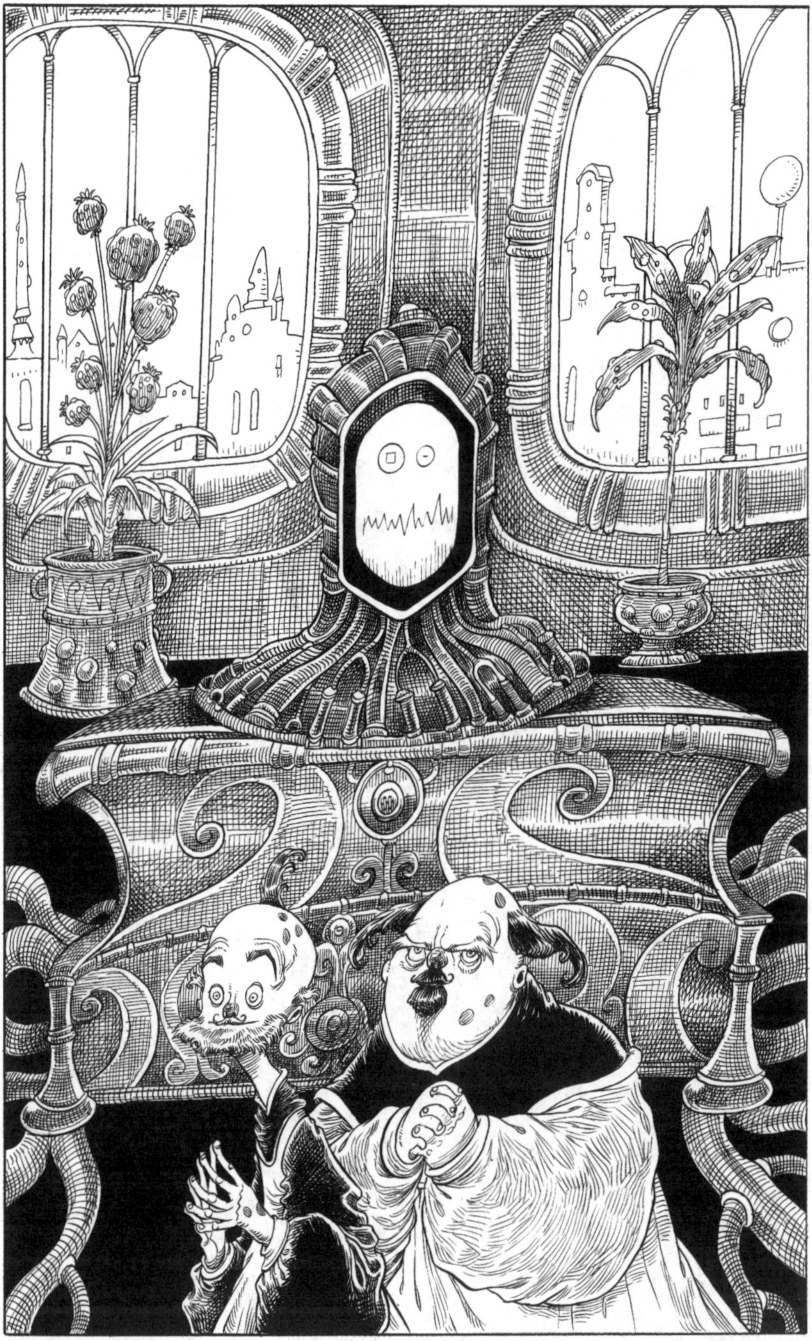

案,每个人都能提出一套理论,请问,有谁能比你们更能在这个媒体市场里捞好处吗?只要你们能没完没了地吵下去,而且吵得足够凶,在大众媒体上互相污蔑,只要你们的经纪人足够滑头,你们就能一辈子躺着数钱。这个主意听起来怎么样?"

两位哲学家瞠目结舌地望着他。

"真该死,"麻吉西斯说,"这才叫真正的思考呢。我说,呜噜方德,咱们为什么从没想到过这样的念头呢?"

"谁知道呢,"呜噜方德敬畏地低声答道,"麻吉西斯,我看咱们的大脑肯定是读书读傻了。"

他们就怎么交谈着,转身走出房间,前方等待他们的生活方式远远超过他们最狂野的梦想。

## 26

"很好,非常有教育意义,"等银辟法斯特大致讲完这段往事,亚瑟说,"但我不明白这能跟地球和老鼠还有其他东西扯上什么关系?"

"地球人,这只是故事的前半截,"老人答道,"假如你有兴趣了解七百五十万年后那个答案揭晓的伟大日子发生了什么,那就请允许我邀请你移步本人书房,你可以通过我们的

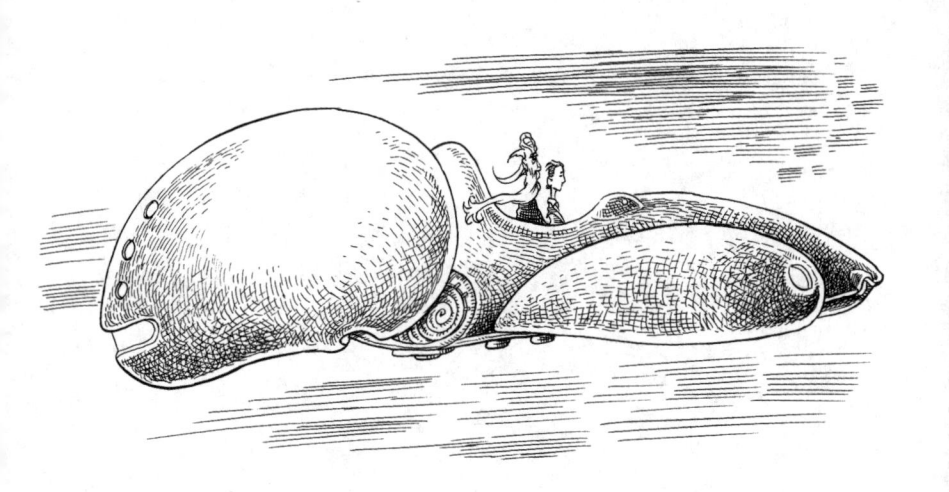

感官记录磁带体验一下当时的情景。除非你想先到新地球的表面稍微逛一逛。不过很抱歉，工程还没结束——人造恐龙骨架还没有埋进地壳，新生代的第三纪和第四纪地层也还没铺，还有……"

"不用了，谢谢，"亚瑟说，"不可能和原来一模一样。"

"是啊，"银辟法斯特说，"不可能。"他把飞行车掉了个头，驶向那面让人丧失思考能力的墙。

27

银辟法斯特的书房乱得惨不忍睹，就像公共图书馆发生爆炸后的现场。走进房间，老人不禁皱起眉头。

"真是太不幸了，"他说，"有一台生命支持电脑爆了二极管。唤醒清洁工队伍的时候，却发现他们已经死了近三万年。我很想知道会是谁去清理他们的尸体。麻烦你过去坐下，我来帮你接入系统。"

他指了指一把怎么看怎么像是用剑龙胸腔做的椅子，示意坐下。

"这是用剑龙的胸腔做的。"老人解释道，他走来走去，从摇摇欲坠的纸堆和制图工具底下抽出一段又一段线缆。"拿着，抓紧了。"他说着把一根剥掉胶皮的电线递给亚瑟。

亚瑟刚接过电线，就看见一只鸟朝他飞来。

他悬浮在空中，看不见自己的身体。他脚下是个漂亮的林荫广场，广场周围视线所及之处，全都是白色的混凝土大楼，建筑物设计得既通透又宽敞，但保养得非常差劲——许多建筑物出现了裂缝，遍布雨水的斑驳污渍。还好今天阳光灿烂，清风在树木间轻轻舞动，所有建筑物都在低声哼唱，不过之所以会产生这个古怪的感觉，多半是因为广场和周围的街道都挤满了欢快的兴奋人群。某处有乐队在演奏，颜色鲜艳的彩旗随风飘扬，空气中洋溢着狂欢节的气氛。

亚瑟卡在俯瞰这一切的半空中，他只觉得非常孤独，名下连一具躯体都没有。还没等他仔细思考下去，一个声音就响彻了广场，请大家静一静。

一个男人站在装点得五颜六色的讲台上，背后的建筑物显然是这个广场的主楼，他通过扩音机对人群讲话。

"在深思脚下等待的人们！"他喊道，"呜噜方德和麻吉西斯，宇宙间古往今来最伟大、最真正有意思的批评家，他们的尊贵后代，等待的时间结束了！"

人群爆发出疯狂的欢呼声。彩旗、飘带和呼哨声在空中飞舞。稍微狭窄一些的那些街道变得像是躺在地上挥动腿脚的蜈蚣。

"七百五十万年，为了这个伟大而充满希望的启蒙之日，我们这个种族等待了七百五十万年！"拉拉队长喊道，"答案揭晓的日子到了！"

狂喜的人群疯狂叫好。

"再也不需要了，"那男人喊道，"我们再也不需要清早醒来苦苦思考'我是谁？我的生命有何目的？假如我不起床去上班,从宇宙的角度说到底有什么重要的?'因为就在今天,关于生命、宇宙以及一切的所有烦人的小问题,我们将一劳永逸地得到明确而直接的答案!"

随着人群再次爆发出欢呼声,亚瑟发觉他开始滑向底下一扇庄严堂皇的大窗,它位于讲台背后那座建筑物的底层。

他径直冲向那扇窗户,一时间陷入了恐慌,不过一秒钟过后,恐慌就平息了,因为他发现他直接穿过那扇窗户,没有碰到任何东西。

房间里没人注意到他的到来,这其实没什么稀奇的,因为他并不真的在场。他逐渐意识到整个体验仅仅是预先录制的影像投影,相比之下,六音轨七十毫米胶片给它提鞋都不配。

这个房间几乎完全符合银辟法斯特的描述。过去这七百五十万年,这个房间得到了良好的照顾,差不多每个世纪都要清理打扫一遍。超红木办公桌的边角略有磨损,地毯稍有褪色,但巨大的电脑依旧摆在皮革桌面上,在灿烂的光辉之中闪闪发亮,就好像昨天才刚刚建造出来。

两个衣着庄重的男人怀着敬意坐在终端前等待。

"伟大的时刻即将来到,"其中一位说,亚瑟惊讶地看见他脖子旁的空气中浮现出"疯呱尔"这几个字,闪烁几次后消失。亚瑟还在回味的时候,另一个男人开了口,他脖子旁闪现的文字是"傻奇格"。

"七万五千代以前,我们的祖先启动了这个程序,"第二个男人说,"这么漫长的时间之后,我们将首先听到电脑怎么回答。"

"未来是多么美好啊,傻奇格。"前一个男人点头道,亚瑟忽然意识到他观看的影像记录居然带字幕。

"我们即将听到的答案,"傻奇格说,"能够回答那个伟大的问题:生命……"

"宇宙……"疯呱尔说。

"以及一切……"

"嘘——"疯呱尔打个手势,"我看深思要说话了!"

接下来的一小段时间在期待中度过,屏幕前方的控制面板逐渐恢复生机。小灯试探性地挨个点亮又熄灭,最终拼出一个一本正经的图案。交谈系统里响起柔和而低沉的嗡嗡声。

"早上好。"深思说。

"呃……早上好,伟大的深思,"疯呱尔紧张地说,"你有没有找到……呃,那个……"

"给你们的答案?"深思威严地打断他,"是的,我找到了。"

两个人激动得浑身颤抖。漫长的等待终究并非徒劳。

"答案真的存在?"傻奇格几乎说不出话了。

"答案真的存在。"深思答道。

"能回答一切?回答生命、宇宙以及一切的大问题?"

"是的。"

两人为了这个时刻受过无数训练，从刚出生就被选作公布答案的见证人，整个人生就在为这一刻做准备，但即便如此，他们还是屏住了呼吸，在座位上扭来扭去，兴奋得像两个孩子。

"你准备好把答案告诉我们了吗？"疯呱尔催促道。

"准备好了。"

"就现在？"

"就现在。"深思说。

两人同时舔了舔干涸的嘴唇。

"但我认为，"深思补充道，"你们不会喜欢这个答案。"

"没关系！"傻奇格说，"我们必须知道！就现在！"

"就现在？"深思问道。

"是的！就现在……"

"那好吧，"电脑说完，再次陷入沉默。两个人烦躁得抓耳挠腮。气氛紧张得让人难以忍耐。

"你们真的不会喜欢这个答案的。"深思又说。

"快告诉我们！"

"好吧，"深思说，"那个伟大的问题……"

"对……"

"生命、宇宙以及一切的问题……"深思说。

"对……"

"答案是……"深思说，然后停下了。

疯呱尔
与
傻奇格

"对……"

"是……"

"对……"

"四十二。"深思用威严和平静得无以复加的声音说。

## 28

接下来的很长一段时间,房间里没人说话。

傻奇格从眼角看见楼下的广场上,充满期待的紧张面庞构成了汪洋大海。

"咱们会被愤怒的群众吊死的,对吧?"他悄声说。

"这个任务可真是不简单。"深思淡淡地说。

"四十二!"疯呱尔吼道,"你花了七百五十万年计算,结果却是这么一个答案?"

"我非常仔细地验算过了,"电脑说,"这确实就是答案。我跟你们实话实说,我认为问题在于,你们其实没搞清楚问题到底是什么。"

"不就是那个最伟大的问题吗?关于生命、宇宙以及一切的终极问题!"疯呱尔气急败坏地叫道。

"对,"从深思的语气听起来,他对他人的愚蠢显然非常宽容,"但这个问题到底在问什么呢?"

两人瞪着电脑,然后对视一眼,惊愕在寂静中缓缓降临。

"呃,你知道的,就是一切……一切……"傻奇格说得毫无把握。

"正是如此!"深思说,"一旦你们搞清楚问题究竟代表什么,就会明白答案是什么意思。"

"唉,太好了。"傻奇格喃喃道,把记事本往旁边一扔,擦掉一小滴眼泪。

"好吧,好吧,"疯呱尔说,"你就不能行行好,告诉我们问题到底是什么吗?"

"那个终极问题?"

"对!"

"关于生命、宇宙以及一切的终极问题?"

"对!"

深思思考了一会儿。

"有难度。"他说。

"但你能做到,对吧?"疯呱尔喊道。

深思又思考了好一会儿。

最后,他坚决地说:"不行。"

两个人绝望地瘫倒在椅子里。

"但我可以告诉你们谁能做到。"深思说。

两人立刻抬起头。

"谁?快告诉我们!"

突然,亚瑟感觉他似乎不存在的头皮一阵悚然,他发现他不可抗拒地缓慢移向屏幕，但要是他没猜错，这只是因为拍摄者拉近了镜头，借此营造戏剧性的效果。

"我指的不是其他东西，而就是那在我以后来的电脑[1]，"深思吟诵道，他又换上了熟悉的演讲家语气，"我连替它计算最基本的工作参数都不配——但我会为你们设计这台电脑。这台电脑能计算出终极答案的问题，这台电脑拥有无限玄妙的复杂性，连有机生命本身都会构成操作模型的一部分。你们会换上新的外形，去电脑里去指引它完成长达一千万年机时的程序运行！是的！我会为你们设计这台电脑。我还会替你们给它起名。这台电脑将称为……地球！"

傻奇格瞠目结舌地望着深思。

"多么乏味的名字。"他说，然后像是突然从上到下被劈成了两半。疯呱尔身上则凭空出现了许多恐怖的切口。电脑的显示屏染上斑点，继而碎裂，墙壁晃动崩裂，房间朝着天花板坍塌……

银辟法斯特站在亚瑟面前，手持两根电线。

"记录到此为止。"他解释道。

---

[1] 戏仿《圣经·新约·约翰福音》1：27，（施洗约翰说）就是那在我以后来的，我给他（指耶稣基督）解鞋带，也不配。——译者

## 29

"赞法德！快醒醒！"

"嗯——呜——啊——？"

"喂，别睡了，快醒醒。"

"我就擅长这个，就不能让我一直睡下去吗？"赞法德嘟囔道，翻个身，让后背对着那个声音。

"难道非要让我踹你两脚？"福特说。

"踹我难道能给你带来巨大的快乐？"赞法德睡眼惺忪地说。

"不能。"

"我也一样。所以为什么要踹我呢？行了，别来烦我。"赞法德把身体蜷成一团。

"他吸了两份毒气，"翠莉安低头看着他说，"他有两根气管。"

"不许说话，"赞法德说，"光是想睡觉就已经够困难了。地面是怎么回事？又冷又硬。"

"是金子做的。"福特说。

赞法德立刻爬了起来,动作轻盈得出奇,就像一位芭蕾舞演员。他开始眺望地平线,因为金色地面朝着四面八方延伸,就一直延伸到那么遥远的地方。地面无比平滑和坚实,泛着的光芒就好像……你很难说清楚地面泛着的光芒像什么,因为宇宙里没有其他东西的光芒能和一颗实心的黄金星球相提并论。

"谁在地上铺了这么多黄金?"赞法德叫道,眼睛瞪得像铜铃。

"别激动,"福特说,"只是目录而已。"

"是什么?"

"商品目录,"翠莉安说,"是幻象。"

"你怎么能这么说?"赞法德叫道,他趴在地上,盯着黄金。他戳了戳,又捅了捅。感觉起来很沉重,同时又稍微有点软——用指甲能划出印痕来。它非常黄,亮得耀眼,他朝地面哈了一口气,连蒸汽挥发的样子都和蒸汽在金块表面挥发时毫无区别。

"翠莉安和我来了有一阵子了,"福特说,"我们大喊大叫,直到有人出来;然后我们继续大喊大叫,直到他们给我们东西吃,把我们放进他们的星球目录,免得我们闲得发慌,直到他们想好该怎么处理我们。这一切都是全感官录像带。"

赞法德恶狠狠地瞪他。

"什么？妈的，"他说，"把我从一场超级好的好梦里叫醒，就是为了让我看别人怎么做梦？"他气冲冲地一屁股坐下。

"那边的一串河沟是什么？"他问。

"纯度标记，"福特答道，"我们去看过了。"

"早些时候没叫醒你。"翠莉安说，"上一个星球被鱼淹到膝盖。"

"鱼？"

"最古怪的东西也有人喜欢。"

"再往前是白金，"福特说，"挺无聊的。不过我们觉得你会喜欢现在这个。"

无论朝哪个方向望去，无边无际的光海都化作一整片炫目的光芒。

"确实漂亮。"赞法德没好气地说。

巨大的目录编号出现在天空中。编号闪了两下，随即改变；他们再次环顾四周，发现地貌也跟着改变了。

他们齐声大叫："恶心！"

大海是紫色的。脚下的海滩是微小的黄绿两色小石子儿，它们大概都是极为珍贵的宝石。远处的山脉线条和缓，起伏间点缀着红色山峰。不远处立着一张结实的银质沙滩桌，紫红色的褶边阳伞悬着银色缨穗。

巨大的口号出现在天空中，取代了目录编号：无论口味如何,玛格里西亚都能投你所好。我们从不骄傲。

五百个裸体女人身背降落伞从天而降。

这个场景很快消失,把他们扔进奶牛遍地的春季牧场。

"天哪!"赞法德说,"我的脑子要炸了!"

"想谈谈你的大脑吗?"福特说。

"哦,好的。"赞法德说,他们找个地方坐下,不再理会身边来来去去的场景。

"我认为是这样的,"赞法德说,"无论我的脑子发生了什么,都肯定是我自己干的。而且我做手脚的方式很巧妙,能逃过政府的检查。而与此同时,我对整件事会一无所知。非常疯狂,对吧?"

福特和翠莉安点头赞同。

"于是我就开始想,有什么事情能这么秘密呢?我不但不能让其他人知道我知道它,不能让银河政府知道,甚至连我自己也不能知道。显而易见,我不知道答案。但我掌握了几条线索,我把它们拼在一起,然后往下推测。我是什么时候决定竞选总统的?尤登·伏兰克斯总统过世后不久。福特,你还记得尤登吧?"

"当然,"福特答道,"咱们小时候碰到过这位大角星的船长。他太好玩了。你闯进他的超级货船,他却给了咱们一把马栗,说他从没见过你这么有意思的小崽子。"

"你们到底在说什么?"翠莉安问。

"古代历史，"福特说，"我们一起在参宿四长大。那时候，银河中心和偏远地区之间的大宗货物运输基本上全靠大角星的超级货船。参宿四的贸易侦察船先去开发市场，大角星人随后供应商品。太空海盗在多德立斯战争中被灭绝前是个大麻烦，超级货船不得不装配银河科学所知的最先进的防护盾。它们是飞船中真正的蛮族，非常巨大。绕行星飞行的时候甚至能引起日食。

"有一天，年轻的赞法德决定要劫掠这样一艘船。一个毛头小子，只有一艘设计飞行高度仅达同温层的三引擎滑行船。我真想忘记这件事，比猴子发癫还疯狂。我之所以跟着去，只是因为我赌他不会去，自以为十拿九稳，不想让他带假证据回来炫耀。结果怎么样？我们坐进他的三引擎滑行船，他把这艘船改造成了完全另一种东西，几个星期我们就飞了三个秒差距，用我到现在还没搞明白的方式闯进一艘超级货船，冲到舰桥上挥舞玩具手枪，要船长交出身上的马栗。整件事疯狂得超出了我的想象。赔进去一整年的零花钱。得到了什么？马栗。"

"船长正是那个非常有意思的家伙，尤登·伏兰克斯，"赞法德说，"他请我们吃饭，还有酒——来自银河系某些非常古怪的地区——当然了，还有很多马栗，我们度过了一段非常美好的时光。最后，他把我们传送回去。终点是参宿四国家监狱里安全级别最高的监区。这家伙够酷的。后来当上了银河系总统。"

赞法德停了一下。

此刻的场景一片昏暗。阴森森的雾气盘卷四周,粗笨的形体在暗影中朦胧潜行。偶尔有幻象生灵杀死其他幻象生灵的声响划破寂静。肯定有足够多的人喜欢这种东西,所以才会开发这么一套付费主题。

"福特。"赞法德悄悄地说。

"什么?"

"尤登死前来找过我。"

"什么?你怎么没告诉我?"

"是的。"

"他说了什么?他为什么要来见你?"

"他和我说了黄金之心号的事情。偷船是他的主意。"

"他的主意?"

"是啊,"赞法德说,"只有参加启航典礼才有机会偷走它。"

福特惊讶地瞪着他看了好一会儿,然后爆发出一

尤登·伏兰克斯

阵狂笑。

"你难道要告诉我,"他说,"你费尽周折成为银河总统,只是为了偷那艘飞船?"

"正是如此,"其他人要是敢露出赞法德现在的笑容,只怕会立刻被关进墙上带软垫的房间。

"但为什么呢?"福特问,"为什么非要得到这艘飞船?"

"不知道。"赞法德说,"我认为事情是这样的:假如我有意识地知道这艘飞船为什么这么重要,知道抢飞船的目的是什么,那么检查大脑的时候就会发现这些东西,而我就不可能蒙混过关了。我认为尤登告诉我的大部分事情都还处于封存状态。"

"这么说,你认为你在自己的大脑里乱搞一气,只是因为尤登找你谈了一次?"

"他很会说服人的。"

"没错。但是,赞法德我的老伙计,你该知道,你必须照顾好自己才行。"

赞法德耸耸肩。

"你难道连一星半点的线索都没有?"福特问。

赞法德拼命思考,脑海里泛起许多疑问。

"没有,"他最后还是说道,"我似乎不允许自己接触到脑子里的秘密。不过嘛,"他又思索了一下,补充道,"我也能理解。比起信任自己,我宁可相信我能口吐耗子。"

过了一会儿，目录里的最后一颗星球从他们屁股底下消失，周围恢复了真实世界的原貌。

他们坐在一间奢华的等待室里，房间里摆满了玻璃面板的桌子和设计界的奖牌。

一个高大的玛格里西亚男人站在他们面前。

"老鼠现在要见你们。"他说。

## 30

"你都看见了吧。"银辟法斯特说,心不在焉地随便整理了几下乱得让人不忍直视的书房。他从一摞文件的最顶上拿起一张纸,但想不出该往哪儿放,于是放回原来那摞文件的顶上,那摞文件于是干净利落地倒了下去。"地球由深思设计,我们建造,你们居住。"

"沃贡人跑来摧毁了它,这时候距离程序运行完毕仅仅只有五分钟。"亚瑟不无怨恨地说。

"是啊。"老人答道,他停下来无助地扫视周围。"一千万年的计划和苦工,结果却这么打了水漂。一千万年啊,地球人,你能理解这个级别的时间跨度吗?这么长的时间能让一只小虫反复五次成长为遍布全银河系的文明。就这么白白浪费了。"他顿了顿。"唉,你都看到了吧,官僚主义害死人。"他补充道。

"知道吗,"亚瑟若有所思地说,"这倒是解释了很多事情。我从小到大一直有一种难以解释的奇怪感觉,那就是这个世界正在发生某种事情,某种很大甚至很险恶的事情,但没人能解释清楚究竟是什么事情。"

"不,"老人答道,"那只是非常普通的偏执妄想。全宇宙每个人都有这毛病。"

"每个人?"亚瑟说,"假如每个人都有这种念头,那就肯定有某种意义!也许在我们所知的宇宙之外……"

"也许吧,但谁关心呢?"银辟法斯特没等亚瑟兴奋过度就浇了一盆凉水。"我大概是老了,也累了,"他继续道,"但我一直认为,能搞清楚那究竟是怎么一回事的可能性小得可笑,因此最好的解决方法就是把它晾在那儿,该干什么就干什么,反正别让自己闲下来。你看看我:我专门设计海岸线。我设计的挪威还拿了奖呢。"

他从一堆垃圾翻出一块巨大的树脂玻璃,上面刻着他的名字,里面封存了挪威的模型。

"但这有什么意义呢?"他说,"反正我想不出来。我一辈子都在雕凿峡湾。有那么短暂的一段时间,峡湾相当时髦,我还拿到了一项大奖。"

他玩了一会儿那块树脂玻璃,耸耸肩,随手一扔——但并不是真的随手一扔,因为它没有落在任何柔软的东西上。

"建造这个地球替代品的时候,上头把非洲交给了我,我当然又做了许多峡湾,因为我实在很喜欢峡湾。另外呢,我这人很守旧,觉得峡湾给这片大陆添加了几分可爱的巴洛克味道。结果怎么着？上头说赤道风情不足！赤道风情！"他空洞地哈哈一笑。"这有任何意义吗？不消说，科学成就了许多伟大的东西，但我无论如何都觉得快乐比正确更重要。"

"然后呢？"

"没有然后了。当然了，所以一切事情才都那么不如意。"

"真可惜，"亚瑟同情地说，"否则的话，那个生活方式听起来还挺好的。"

墙上有一盏小白灯闪了起来。

"走吧，"银辟法斯特说，"老鼠想见你。你们来到这颗星球引起了巨大的轰动。要是我没弄错，它已被誉为宇宙历史上的第三不可能事件。"

"第一和第二是什么？"

"哦，多半只是巧合。"银辟法斯特漫不经心地答道。他拉开门，停下等亚瑟。

亚瑟又看了一圈周围，然后低头看自己那身汗津津的凌乱衣服。星期四一早，他正是穿着这一身躺进了泥浆。

"我的生活方式似乎出了大问题。"他喃喃自语。

"不好意思，你说什么？"老人随口问道。

"哦，没什么，"亚瑟说，"说笑而已。"

## 31

闲言碎语害死人,这是众所周知的道理,但很少有人知道到底能害死多少人。

举例来说,就在亚瑟说"我的生活方式似乎出了大问题"的时候,时空连续体的基础结构忽然出现了一个奇异的虫洞,把这句话在时间上传回非常遥远的过去,在空间上跨越了近乎于无限远的距离,来到遥远的另一个银河系,这儿生活着很多奇特的好战生物,可怕的星际战争此刻正一触即发。

敌对双方的领袖正在最后一次谈判。

恐怖的寂静笼罩着会议桌,乌尔赫格斯的司令官身穿镶珠宝的黑色战斗短裤,形象光彩夺目,冷冷地盯着蹲伏在对面的格加戈翁特首脑,那家伙周围萦绕着气味芬芳的绿色蒸汽;上百万艘流线型轮廓造型圆滑、武装到牙齿的星际巡洋舰严阵以待,他一声令下就会释放出致命的电子波束,他要那只可鄙的野兽收回对他母亲的侮辱话语。

那家伙在恶心的沸腾蒸汽中动了动,但就在这时,"我的

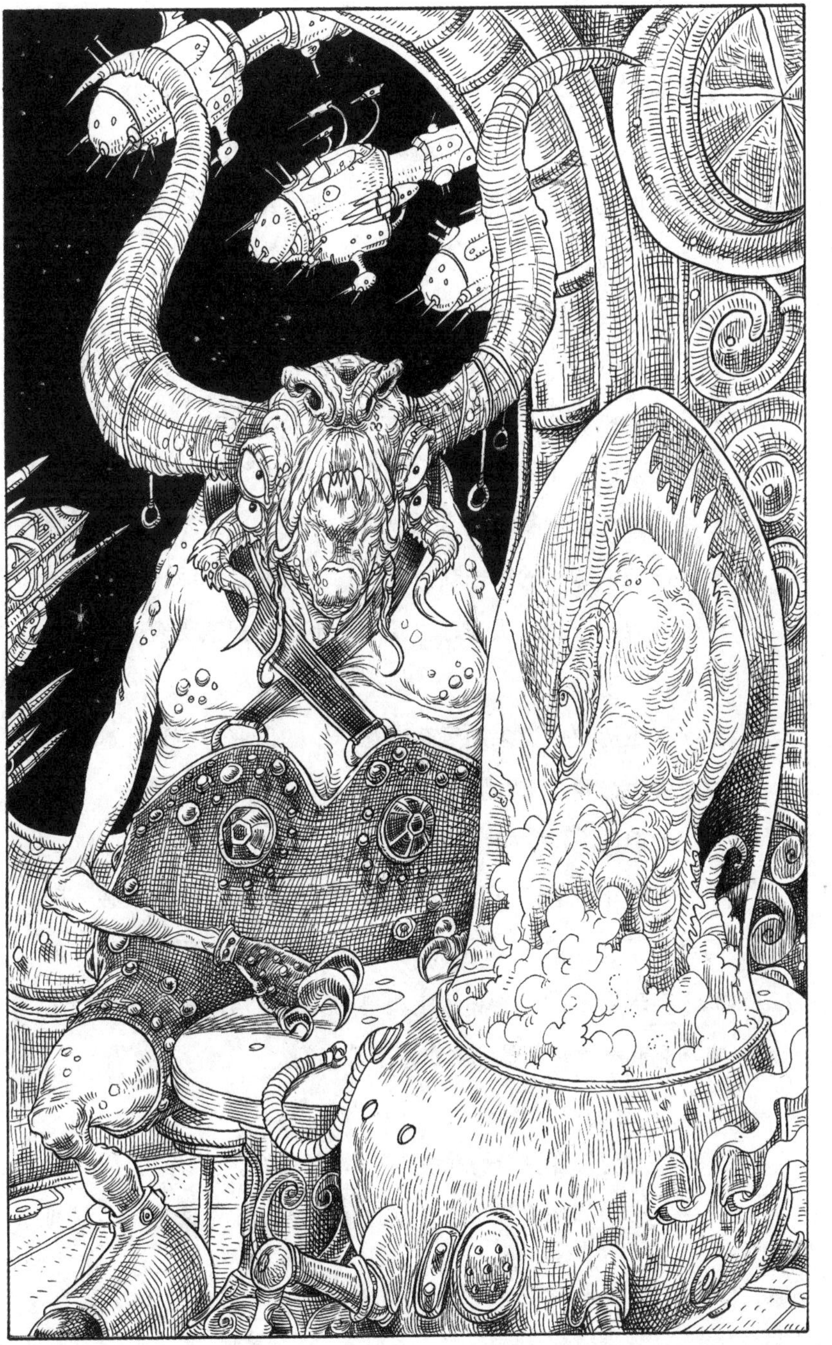

生活方式似乎出了大问题"从会议桌上方徐徐飘过。

很不幸的是,在乌尔赫格斯语里,这句话是你能想象的最难听的骂人话,随之而来的只可能是绵延许多个世纪的殊死战争。

最后,他们的银河系经受了几千年蹂躏之后,大家终于意识到整件事情其实是个可怕的误会,敌对双方搁置了所剩无几的分歧,向我们的银河系发动联合进攻——他们准确地辨别了方位:那句冒犯尊严的评语就出自此处。

又过了几千年,这支无敌舰队穿过茫茫太空,终于呼啸着扑向他们碰到的第一颗行星——凑巧就是地球——由于尺寸的计算出了极大失误,一条小狗不小心把整支舰队吞进了肚子。

宇宙历史中因果的复杂交互作用的研究者声称,这种事总会发生,我们无力阻止。

他们认为:"这就是生活。"

飞行车载着亚瑟和玛格里西亚老人开了一小段,在一扇门前停下。他们下车,走进这扇门。里面是一间等待室,摆满了玻璃台面的桌子和树脂塑料的奖牌。房间另一头的门上立刻亮起一盏灯,他们又走进了那扇门。

"亚瑟!你还活着!"一个声音喊道。

"是吗?"亚瑟惊讶地说,"哦,那很好。"

这个房间的光线很暗,他过了一会儿才看清福特、翠莉安和赞法德坐在一张大桌子旁,桌上漂亮地摆放着外星球的餐点、奇特的甜食和怪异的水果。三个人嘴里都塞满了食物。

"你们都碰到了什么?"亚瑟问道。

赞法德正在攻击一根挂满烤肉的骨头,他答道:"唔,咱们的客人放毒气熏我们,干扰我们的思维,怎么奇怪怎么来,这会儿正在请我们饱餐一顿作为补偿。尝尝素食犀牛肉排,"他说着从碗里挖出一坨气味可怕的肉食,"美味极了,但前提是你凑巧喜欢这种货色。"

"主人?"亚瑟说,"主人在哪儿?我没看见任何……"

一个细小的声音说:"欢迎参加午餐,地球生物。"

亚瑟找来找去,突然大叫一声:"天哪!桌上有老鼠!"

所有人都严厉地瞪着他,房间里陷入尴尬的寂静。

而他忙着瞪那两只白老鼠,它们坐在酷似威士忌酒杯的东西里。他注意到了寂静,抬头扫视其他人。

"哎呀!"他忽然醒悟过来,"哎呀,真抱歉,我还没准备好……"

"我来介绍一下吧,"翠莉安说,"亚瑟,这位是老鼠本吉。"

"你好。"一只老鼠说,用胡子碰了碰威士忌酒杯内壁上大概是触摸屏的东西,酒杯向前微微移动。

"这位是老鼠弗兰琪①。"

另一只老鼠说:"很高兴遇见你。"他也同样朝前移了移。亚瑟大惊失色。

"它们不就是……"

"没错,"翠莉安说,"正是我从地球上带走的那两只老鼠。"

她望着亚瑟的双眼,亚瑟觉得他看见了一个最难以察觉的听天由命的耸肩。

"能把那盆大角星超级驴肉碎递给我吗?"她说。

银辟法斯特礼貌地清清嗓子。

"呃,不好意思。"他说。

"好了,谢谢,银辟法斯特,"老鼠本吉用尖细的声音说,"你可

大角星超级驴

---

① 两只老鼠的名字 Benjy 和 Frankie 分别是 Benjamin 和 Franklin 的昵称,加起来也就是本杰明·富兰克林。——译者

以退下了。"

"什么？哦……呃，好的，"老人有些被吓了一跳，"那我就去继续雕峡湾了。"

"其实没这个必要吧，"老鼠弗兰琪说，"我们似乎不再需要新地球了。"他转了转粉红色的小眼睛。"因为我们找到了一名当地居民，地球被摧毁前几秒钟他还在地球上。"

"什么？"银辟法斯特痛苦地叫道，"你们不能这么做！我已经放好了上千条冰川，正准备碾过非洲。"

"既然是这样，拆除前你不妨去度度假，滑个雪什么的。"弗兰琪话里带刺道。

"滑雪？度假？"老人叫道，"那些冰川是艺术作品！精心雕琢的轮廓，冰峰直冲云霄，深谷宏伟庄严！在艺术品上滑雪，那是亵渎！"

"谢谢你，银辟法斯特，"本吉坚定地说，"就这样吧。"

"遵命，先生。"老人冷冰冰地说。"非常感谢。地球人，再见吧，"他对亚瑟说，"祝你能把你的生活方式找回来。"

他朝其他几个人微微点头，哀伤地转身离开。

亚瑟望着他的背影，不知道该说什么。

"现在嘛，"老鼠本吉说，"正经事。"

福特和赞法德碰了一下酒杯。

"敬正经事！"他们说。

"什么？"本吉说。

福特扭头看他,说:"对不起,我以为你在敬酒。"

两只老鼠不耐烦地在酒杯载具里跑了几圈,好不容易才恢复镇定。本吉上前对亚瑟说话。

"地球生物,"他说,"现在的情况其实是这样的。就像你已经知道了的,过去这一千万年,我们算是一直在拿你的星球当电脑,寻找一个名叫'终极问题'的鬼东西。"

"为什么?"亚瑟突然问道。

"不是这个——我们已经想过这个了,"弗兰琪插嘴道,"但这和答案对不上。为什么?四十二——你看,说不通,对吧?"

"不是,"亚瑟说,"我说的是,你们为什么非要找到它不可?"

"哦,我明白了。"弗兰琪说,"唉,我实话实说,到最后我猜只是习惯成自然了吧。重点就在这儿——整件事搞得我们恶心透了,想到把屎渣当饭吃的沃贡人害得我们要重新再来一遍,我都要神经病发作扯着嗓子嚷嚷了,明白我在说什么吧?本吉和我的运气好极了,我们的任务完成了,于是提前离开地球去度个假。结果只好一路操控你们回到玛格里西亚。"

"我们可以通过玛格里西亚返回自己的维度。"本吉补充道。

"接下来嘛,"他的啮齿类同伴继续道,"有人想和我们签一份报酬非常丰厚的合同,主持五维脱口秀节目,在我们自己维度的附近地区巡回讲演，我们很愿意接受这份邀约。"

"我肯定会接受，福特，你难道不会吗？"赞法德马上插嘴道。

"那还用说，"福特答道，"像出膛子弹似的扑上去。"

亚瑟瞥了他们一眼，思考他们这是在唱哪一出。

"但我们必须拿到结果才行，明白吗？"弗兰琪说，"我们需要那个终极问题，什么形式都行。"

赞法德凑近亚瑟。

"告诉你，"他说，"要是他们坐在摄影棚里，怎么看怎么放松，然后随口说他们碰巧知道生命、宇宙以及一切的答案，结果搞来搞去，答案其实是四十二，这个脱口秀恐怕会当场暴毙。没有可供跟进的线索，明白吗？"

"必须有点听起来很带劲的东西。"本吉说。

"听起来很带劲的东西？"亚瑟叫道，"终极问题难道只是听起来很带劲的东西？而且还是听两只老鼠告诉你？"

老鼠顿时炸毛了。

"你看，事情是这样的，理想主义固然很好，纯学术研究固然有尊严，追求真理的各种形式固然非常伟大，但非常抱歉的是，你迟早会进入一个境界，你会怀疑纯粹真理到底存不存在，而你几乎可以肯定掌管整个多维无限宇宙的一群变态狂。要是让我选，一边是再花一千万年寻找真相，另一边是拿钱跑步，我肯定会选锻炼身体。"弗兰琪说。

"可是……"亚瑟绝望地说。

"哎,地球人,你难道还不明白吗?"赞法德打断他的话头,"你是那个电脑模型的最后一代产物,你一直待在那颗星球上,直到它被干掉,对吧?"

"呃……"

"因此,你的大脑是那套电脑程序的逆序第二成功配置的有机组成部分。"福特接过话头,觉得自己的脑子特别好使。

"对吧?"赞法德说。

"算是吧。"亚瑟怀疑地说。他不记得他有过自己是任何东西的有机组成部分的感觉。他一直认为这是他的一大人生难题。

"换句话说,"本吉说,把他古怪的小载具开到亚瑟面前,"非常有可能,问题的构架编码保存在你的大脑结构之中,所以我们想从你手上买过来。"

"买什么?那个问题?"亚瑟说。

"对。"福特和翠莉安说。

"用很多钱。"赞法德说。

"不,不对,"弗兰琪说,"我们想买的是大脑。"

"什么?!"

"哎呀,但谁会怀念那东西呢?"本吉问道。

"我记得你们说过可以只用电子手段读取他的大脑。"福特表示不满。

"哦，没错，"弗兰琪说，"但首先必须把大脑取出来，准备工作不做不行。"

"然后泡在药水里。"本吉说。

"然后切片。"

"太谢谢了！"亚瑟喊道，他吓得跳起来，撞翻了椅子，从餐桌前连退几步。

"要是你认为大脑很重要，"本吉通情达理地说，"换一个不就好了嘛。"

"对，换个电子脑，"弗兰琪说，"最简单的型号就够用了。"

"最简单的型号！"亚瑟哀嚎道。

"说得对，"赞法德突然露出邪恶的笑容，"编的程序会说'什么'、'我不知道'和'茶在哪儿'就够了。谁能看得出区别呢？"

"什么？"亚瑟叫道，继续后退。

"明白我在说什么了吧？"赞法德说，然后疼得惨叫，因为翠莉安对他做了什么事情。

"我看得出区别。"亚瑟说。

"不，你看不出，"老鼠弗兰琪说，"你的程序让你看不出。"

福特走向房门。

"听我说，老鼠兄弟，非常抱歉，"他说，"我看咱们的交易没得谈了。"

"不，我们认为咱们的交易非谈不可。"两只老鼠异口同声道，尖利而细小的声音突然失去了一切魅力。随着微弱的呜呜啸声，玻璃载具带着他们飞离桌面，在空中转弯飞向亚瑟。亚瑟踉跄后退的，却把自己逼进了死角，现在他既无处可逃也无计可施。

翠莉安抓住他的胳膊，拖着他跑向房门，福特和赞法德正在竭尽全力开门，但亚瑟像是变成了一块死肉——呼啸而来的啮齿类动物似乎催眠了他。

翠莉安朝亚瑟尖叫，而亚瑟只是傻乎乎地张着嘴。

福特和赞法德又拽了一下，门终于打开了。但门外站着一伙丑陋的家伙，你只会认为他们是玛格里西亚的重装匪帮。原因不仅是他们相貌丑陋，更是因为他们手上的医疗设备离漂亮差了十万八千里。他们冲进房间。

就这样——亚瑟的脑袋即将被切开，翠莉安无法帮助他，福特和赞法德既将被好几个比他们更强壮也武装得更锋利的暴徒撞翻在地。

但就在这时，难以比拟的幸运降临了：这颗星球上的所有警铃同时爆发出震耳欲聋的轰鸣声。

## 32

"紧急情况！紧急情况！"高音喇叭传出的吼叫声响彻整个玛格里西亚。"敌意飞船已经降落。武装入侵者位于8A地区。准备防卫，准备防卫！"

玻璃载具在地上摔得粉碎，老鼠绕着残骸乱跑，恼怒地闻来嗅去。"真该死，"老鼠弗兰琪说，"就为了两磅地球人的脑子，搞得这么乱七八糟。"他跑了一圈又一圈，粉红色的小眼睛闪闪发亮，白色的软毛在静电中根根竖起。

"如今之计只有一条出路了，"本吉蹲在地上，捻着胡须陷入沉思，"想办法捏造问题，想出一个能以假乱真的问题。"

"有难度，"弗兰琪想了一会儿，说"'什么东西又黄又危险？'怎么样？"

本吉思考了一下。

"不行，不够好，"他说，"和答案对不上。"

两人又沉吟了一会儿。

"听我这个，"本吉说，"六乘七等于几？"

"不,不行,字面意义太强,太贴近现实,"弗兰琪说,"抓不住听众的兴趣。"

他们重新开始思考。

弗兰琪说,"我有个点子:一个人要走过多少路[①]?"

"啊!"本吉说,"啊哈,这个听起来很有希望!"他把这句话翻来覆去念叨了一会儿。"没错,"他说,"太好了!听起来非常有内涵,但实际上又没有绑定任何确切的含义。一个人要走过多少路?四十二。太好了,好极了,这肯定能骗过他们。弗兰琪,亲爱的,咱们成功了!"

两只老鼠兴奋极了,蹦蹦跳跳地跳起舞来。

他们身旁的地上,躺着几个极为丑陋的家伙,他们都被沉重的设计奖杯砸中了脑袋。

半英里外,四个人影沿着走廊吃力前行,正在寻找出路。他们走进一间开放式设计的电脑机房,疯狂地扫视四周。

"赞法德,你说该往哪儿走?"福特说。

"要我乱猜的话,就这儿好了。"赞法德说,奔向右边电脑阵列和墙壁之间的空隙。其他人正要跟上,一道致命轰杀枪的能量束却从他面前几英寸处飞过去,烧焦了他身旁的一小块墙壁。

---

[①] 引用鲍勃·迪伦名曲《随风飘荡》(Blowin' in the Wind)的歌词,下一句是"才可以称之为男人"。——译者

手提式扩音器里传出的声音叫道:"行了,毕博布鲁克斯,站住别动。我们瞄准你了。"

"警察!"赞法德从牙缝里挤出两个字,转身蹲下。"福特,轮到你猜一猜该往哪儿走了。"

"好的,这边。"福特答道,四个人跑进两个电脑阵列之间的过道。

一个身影在过道尽头冒了出来,他似乎不但身穿厚重的护甲,还套了一件太空服,他挥舞着狰狞的致命轰杀枪。

"毕博布鲁克斯,我们不想打死你!"来者叫道。

"我也这么希望!"赞法德朝他喊道,弯腰钻进两台数据处理单元间的夹缝。

其他人跟着他急转弯。

"他们有两个人,"翠莉安说,"我们被包围了。"

他们挤进一台巨大的电脑数据阵列和墙壁之间的夹角。

他们屏息等待。

两个警察突然同时朝他们开火,能量束煎得空气滋滋作响。

"喂,他们在朝我们开枪,"亚瑟缩成一个肉球,"我怎么记得他们说过不想这么做?"

"对,我也记得。"福特附和道。

赞法德把脑袋伸出去,在最危险的时刻暴露了自己。

"喂,"他说,"我记得你们说过不想打死我们的!"然后立刻缩了回来。

他们静静等待。

过了一会儿,一个声音答道:"当警察可不容易!"

"他说什么?"福特吃惊地小声说。

"他说当警察可不容易。"

"呃,那肯定是他的问题,对吧?"

"我也这么认为。"

福特叫道:"喂,听我说!我觉得光是有你朝我们开枪,我们的麻烦就已经够多的了,所以要是你别把你的问题也扔给我们,我看咱们都会发现事情更容易解决。"

又是片刻停顿,扩音机随后再次响起。

"你们给我听清楚了,"那个声音说,"正在和你们打交道的可不是那种愚蠢的低能白痴,发线生得低,一双小猪眼,不会说话,摸到扳机就兴奋。我们是两个高智商、有同情心的好男人,要是在社交场合遇见,你们肯定会喜欢上我们!我不会冲出去无缘无故朝人开枪,事后在挤满太空农民的破酒吧里夸口炫耀,就像我叫得出名字的某几个警察那样!我冲出去朝人开枪肯定会有很好的原因,事后还要为此折磨女朋友一连好几个钟头!"

"我还写小说呢!"另一个警察附和道,"尽管连一本都没出版过,所以我必须警告诸位,我的心情非——常——不好!"

福特的眼珠子都快掉出来一半了。"他们是什么人?"

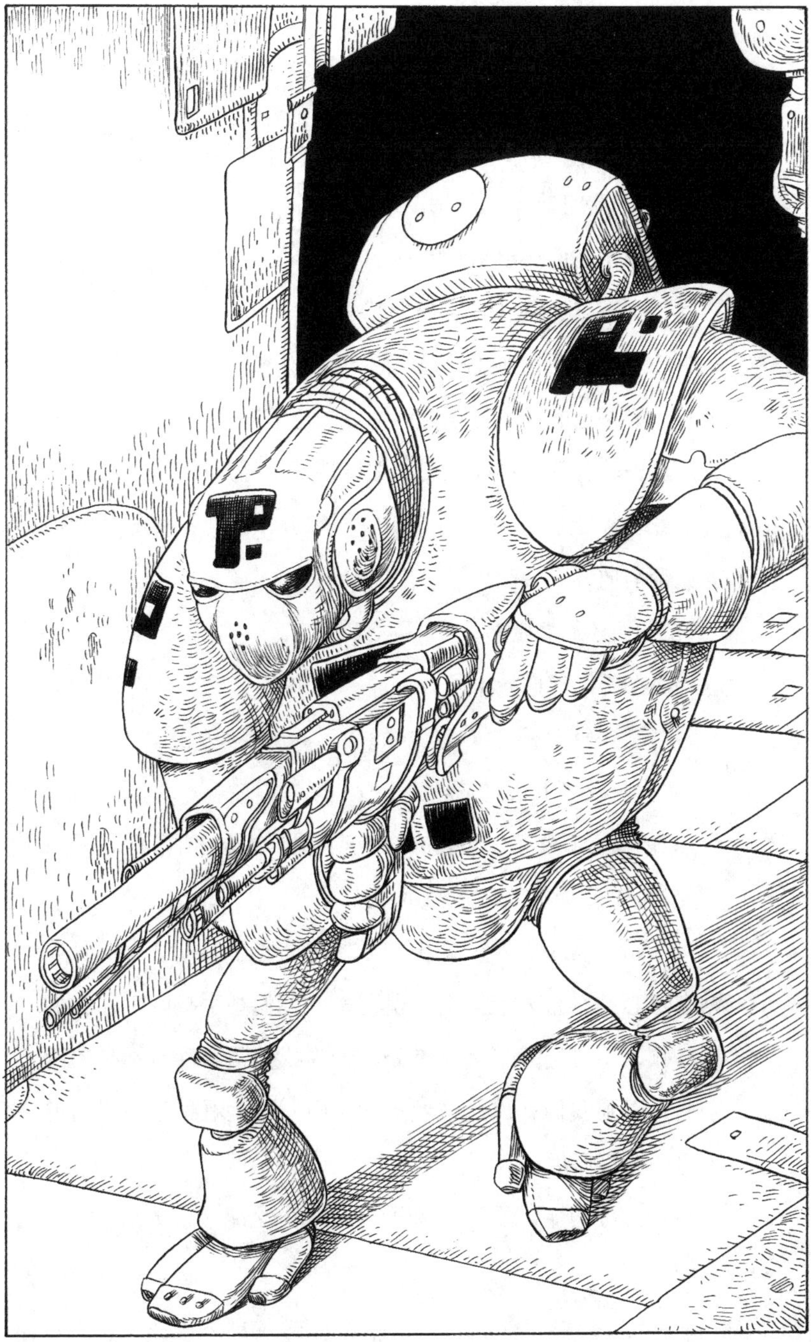

他问。

"天晓得,"赞法德说,"我宁可让他们朝我开枪。"

"你们是打算自己乖乖出来,"一个警察再次开口,"还是非要我们把你们炸出来?"

"你们喜欢哪一样?"福特喊道。

一毫秒过后,他们上方的空气再次沸腾起来,一道又一道致命轰杀枪的光束打在他们面前的电脑阵列上。

这一轮齐射以难以忍耐的强度持续了好几秒钟。

齐射停止后,周围陷入彻底的寂静,回声花了好几秒钟才完全消散。

"你们还活着吧?"一个警察喊道。

"是的。"他们喊了回去。

"我们一点也不喜欢这么做。"另一个警察喊道。

"我们看得出来。"福特喊道。

"现在,听好了,毕博布鲁克斯,你给我们听清楚了!"

"为什么?"赞法德喊了回去。

"因为,"那个警察喊道,"这么做不但非常明智,而且非常有意思和符合人道主义!现在——你们举手投降,让我们揍一顿,不过当然不会太过分,因为我们坚定反对不必要的暴力;否则我们就炸烂这颗星球,回家路上看见不顺眼的说不定还要再炸烂一两颗!"

"太疯狂了!"翠莉安喊道,"你们怎么能这么做?"

"哦，我们当然可以，"那警察叫道，然后问另一个警察，"我们可以的，对吧？"

"哦，当然可以，形势逼人，毫无问题。"另一个警察喊道。

"但为什么呢？"翠莉安问。

"因为即便身为一名受过启蒙的自由派警察，懂得关于感性的一切什么什么，有些事情也还是不得不做！"

"真不敢相信存在这种人。"福特嘟囔着摇摇头。

一个警察对另外一个警察喊道："我们是不是该再开几枪了？"

"好啊，为什么不呢？"

他们释放出又一波电子束。

高热和噪音都强得惊人。电脑阵列慢慢开始解体，前侧几乎完全融化，熔融金属仿佛黏稠的小溪，蜿蜒流向他们四个的藏身之处。他们拼命往后缩，等待末日降临。

## 33

但末日并没有降临,至少暂时没有。

弹幕射击突然结束,随后的寂静里点缀着掐住喉咙的格格出气声和身体倒下的咚咚巨响。

四个人面面相觑。

"发生什么了?"亚瑟说。

"他们停下了。"赞法德耸耸肩。

"为什么停下?"

"谁知道呢,不如你出去问一声?"

"没门。"

他们继续等待。

"有人吗?"福特喊道。

没人回答。

"真奇怪。"

"也许是陷阱?"

"他们没那么聪明。"

"刚才的咚咚声是怎么回事?"

"谁知道呢。"

他们又等了几秒。

"好吧,"福特说,"我去看看。"

他扫视其他人的眼睛。

"难道就没人想说'不行,别去,我替你去吧'?"

三个人一起摇头。

"好吧。"他说着站起身。

有一小会儿,什么也没有发生。

接下来的一两秒还是什么都没有发生。燃烧的电脑释放出滚滚浓烟,福特在浓烟里东张西望。

他小心翼翼地走出去,站在开阔地中央。

还是什么也没发生。

他在烟雾里隐约看见一个身穿太空服的警察躺在二十码外的地上。第二个警察躺在另一个方向的二十码开外。视线所及范围内,再也没有其他人了。

福特不禁觉得非常奇怪。

他紧张地慢慢走向第一个警察。靠近警察的时候,那个身影令人安心地一动不动,他踩住依然挂在警察松弛手指上的致命轰杀,但警察还是一动不动,这就更加令人安心了。

他弯腰捡起武器,没有遇到任何抵抗。

警察显然死透了。

他飞快地搜了一遍警察的身,发现对方来自布拉古隆卡帕星球——这种生命体呼吸的是甲烷,在玛格里西亚稀薄的氧气大气层中,必须靠太空服维持生命。

出乎意料的是,他背上的小型生命支持系统的电脑被炸坏了。

福特非常惊讶,摆弄了一会儿那东西。超小型太空服的电脑往往通过亚以太信道直接连接飞船的主电脑,由后者提供完整的后备支持。这样的系统在任何情况下都万无一失,除非回馈彻底失灵,但那是闻所未闻的。

福特快步走到另一个警察的尸体旁,发现同样不可能的事情也发生在他身上,两个警察很可能是同时倒下的。

他叫其他三个人过来看。他们与他一样震惊,但不像他那么好奇。

"咱们快从这个地洞里出去吧,"赞法德说,"不管我应该来找什么,现在都没这

来自布拉古隆卡帕星球的呼吸甲烷的生命体

个兴趣了。"他抓起第二把致命轰杀枪,炸烂一台全然无害的记账电脑,然后跑进走廊,其他人紧随其后。他险些把几码外等待他们的飞行车炸上天。飞行车里空无一人,亚瑟认出它正是银辟法斯特的那辆车。

仪表盘上没几个按钮,上面用大头针钉着一张写给他的字条。字条上画了一个箭头,指向其中一个控制按钮。

字条说:你最好按这个按钮。

## 34

飞行车仿佛火箭，以超过 R17 的高速穿过钢铁隧道，载着他们飞向星球丑陋的地表。又一天让人厌恶的阴沉晨光此刻笼罩了地表，惨淡的灰色光线凝固在地面上。

R 是一种速度衡量标准，定义为一个合理的行驶速度，能确保乘客的身体健康和精神愉快，晚点时间保证不超过五分钟。因此，它无疑是个可以根据情况千变万化的数字，这是由于前两个因子不但受绝对速度影响，还受乘客对第三个因子的感知影响。你必须非常冷静地处理这个方程，否则就会造成程度可观的压力、溃疡，甚至死亡。

R17 不是一个固定的速度，但显然快得过头了。

飞行车以 R17 甚至更高的速度分开空气，最后在黄金之心号旁边把他们放下来。黄金之心号孤零零地立在冰原上，活像一根漂白的骨头。飞行车随即原路返回，大概还有什么非常重要的事情要去办。

四个人站在那里，望着黄金之心号。

它旁边另外还有一艘飞船。

这是一艘布拉古隆卡帕警用飞船,形若鳞茎,貌如鲨鱼,石板绿的外壳上印满了黑色的文字,这些文字的大小和不友善程度都各不相同。它们告诉任何有兴趣阅读的人:这艘飞船来自何处,属于哪个警区,你应该把动力源连接到哪儿。

不知道为什么,这艘飞船看起来黑洞洞、静悄悄得很不正常,它的两名船员已经窒息而死,尸体躺在地表下数英里一个烟雾腾腾的房间里。虽然难以解释或说清楚,但你能感觉到这艘飞船也死透了。

福特能感觉到,觉得这件事极为神秘,一艘飞船和两名警察不可能就这么莫名其妙地自己死了。基于他的经验,这不符合宇宙的行事风格。

另外三个人也感觉到了,但更加吸引注意力的是彻骨寒冷,好奇心缺乏症突然发作之下,他们连忙跑进黄金之心号。

但福特没有上飞船,他走过去检查布拉古隆飞船。没走几步,他险些被一个一动不动地趴在冰冷尘土中的铁家伙绊倒。

"马文!"他惊呼道,"你在干什么?"

"求求你,别产生你必须注意到我的感觉。"一个发闷的嗡嗡声说道。

"铁皮人人,你这是怎么了?"福特说。

"非常郁闷。"

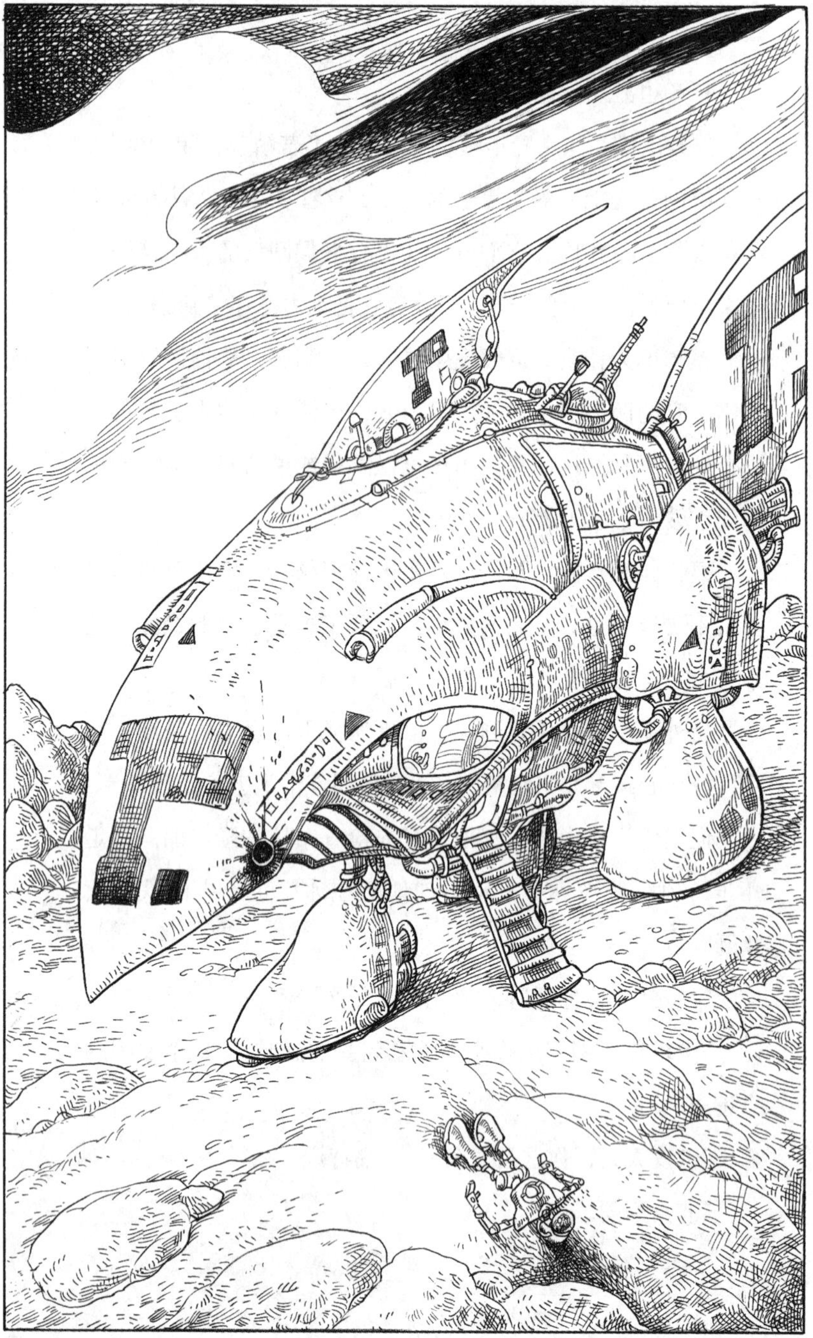

"为什么?"

"我不知道,"马文说,"从来没有这么郁闷过。"

福特在他身边蹲下,冷得直打哆嗦,"你什么要趴在灰尘里?"

"这是个让自己更加痛苦的好办法。"马文答道,"别假装你想和我说话。我知道你恨我。"

"不,我不恨你。"

"不,你恨我,所有人都恨我。这是宇宙定律的一部分。我只要和别人说话,他们就开始恨我。连机器人都恨我。你就别搭理我了,让我安静地死了吧。"

他突然爬起来,毅然决然地面对另一个方向。

"那艘飞船恨我。"他指着警用飞船沮丧地说。

"那艘飞船?"福特兴奋起来,"那艘飞船怎么了?你知道?"

"它恨我,因为我和它说话了。"

"你和它说话了?"福特惊叫,"你说你和它说话是什么意思?"

"很简单。我很无聊,又很郁闷,于是我走过去,连上它的外部电脑接入口。我和那台电脑谈了很久,向它解释我的宇宙观。"马文说。

"然后发生了什么?"福特追问道。

"它自杀了。"马文说,气呼呼走向黄金之心号。

# 35

那天夜里,黄金之心号忙着在自己和马头星云之间放上几光年距离。赞法德在舰桥上的小棕榈树底下歇息,想用大量泛银河系含漱爆破剂把大脑炸出一个形状来。福特和翠莉安坐在角落里讨论生命和因此引发的种种事情,而亚瑟躺在自己的床上,翻开福特那本《银河系搭车客指南》。他对自己说,既然我只能在这个地方生活了,那最好还是先熟悉熟悉环境吧。

他读到了下面这个条目:

每一个重要的银河文明都会经历三个特征鲜明的不同阶段,这就是"生存"、"探索"和"成熟",换言之就是"怎么"、"为什么"和"去哪儿"。

举例来说,第一个阶段可归纳为"咱们怎么吃?"第二个是"咱们为什么吃?"第三个就是"咱们去哪儿吃顿好的?"

他没能继续读下去,因为船上的内部通话系统突然响了。

"哎,地球人?你饿不饿?"是赞法德在说话。

"呃,嗯,好像有那么一点。"亚瑟说。

"好嘞,亲爱的,再忍忍,"赞法德说,"咱们去宇宙尽头的餐馆吃一顿。"

黄金之心号

1. 诺琳，小熊星座一家出版业巨头的初级编辑
2. 来自桑特拉金斯五星球海的艾伦
3. 参宿七星系马德兰矿采矿带矿工
4. 天狼星控制系统公司T42机器人
5. 来自法利亚大沼泽的含澳爆破液
6. 来自半人马座阿尔法星规划部门的宾奇
7. 政府蜘蛛
8. 斯库恩谢星人
9. 蛙虫河的叶子
10. 半人马座阿尔法星的法布伦人
11. 潘塞尔星系的普格瑞尔部族人
12. 达莫格兰海洋的脏皮士
13. 气精状的至高超银河学家
14. 特拉尔星球的大型毛绒生命体

15. 八足外形的自然结构论主义者
16. 贾格兰贝塔星的崔娜
17. 大陵五太阳的礼拜者
18. 黑暗的奎拉克廷人
19. 超布兰蒂斯星团的三眼米奇
20. 多种皮质激素汗液真空管泰坦骡子
21. 科瑞纳星的波格尔人
22. 自动沉思仪
23. 巴纳德星的奈吉尔
24. 心宿二的巨型蝗虫
25. 色情座六号星的古怪子姐妹
26. 贝丝萨拉敏星球的接待员丽塔
27. 双角比利
28. 貌如爬虫的原子建造师卢迪

THE HITCHHIKER'S GUIDE TO THE GALAXY-ILLUSTRATED EDITION
by
DOUGLAS ADAMS, ILLUSTRATED BY CHRIS RIDDELL
Copyright: ©TEXT COPYRIGHT©SERIOUS PRODUCTIONS LIMITED 1979

This edition arranged with CURTIS BROWN-U.K.
through Big Apple Agency, Inc., Labuan, Malaysia.
Simplified Chinese edition copyright:
2024 SHANGHAI TRANSLATION PUBLISHING HOUSE(STPH)
All Rights Reserved.

图字：09-2023-0417号

**图书在版编目（CIP）数据**

银河系搭车客指南：插图珍藏版 /（英）道格拉斯·亚当斯（Douglas Adams）著；（英）克里斯·里德尔（Chris Riddell）绘；姚向辉译. —上海：上海译文出版社，2024.6（2024.7重印）
书名原文：The Hitchhiker's Guide to the Galaxy
ISBN 978-7-5327-9577-2

Ⅰ.①银… Ⅱ.①道…②克…③姚… Ⅲ.①幻想小说—英国—现代 Ⅳ.①I561.45

中国国家版本馆CIP数据核字（2024）第087416号

**银河系搭车客指南（插图珍藏版）**

［英］道格拉斯·亚当斯 著 克里斯·里德尔 绘 姚向辉 译
责任编辑 / 张吉人 装帧设计 / 张志全工作室

上海译文出版社有限公司出版、发行
网址：www.yiwen.com.cn
201101 上海市闵行区号景路159弄B座
上海雅昌艺术印刷有限公司印刷

开本 889×1194 1/32 印张 8.375 插页 6 字数 99,000
2024年6月第1版 2024年7月第2次印刷
印数：2,801—12,000册

ISBN 978-7-5327-9577-2/I·6002
定价：68.00元

本书中文简体字专有出版权归本社独家所有，非经本社同意不得转载、摘编或复制
如有质量问题，请与承印厂质量科联系。T：021-68798999